透明人潜入密室

[日]阿津川辰海 著

赵婧怡 译

北京联合出版公司

目录

1 —— 透明人潜入密室

73 —— 六个狂热的日本人

137 —— 被窃听的杀人

211 —— 逃离第 13 号船室

311 —— 后记

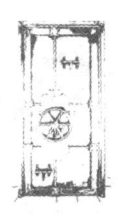

透明人潜入密室

"就像各位看到的一样,这个可怜的男人,如同人间蒸发一般遗迹全无,留下的只有地上的红色线条。可是,这种事情,在这个世界上,本就是不可能的。"

　　G.K.切斯特顿《隐形人》(中村保男译)

1

我站在洗脸台大大的镜子前,看着只有脖颈处恢复透明的自己。那是颈动脉附近的部分。光线穿过那里,将我那染黑的长发直接映照在镜中。

"彩子,你的脖子周围,该非透明化一下了吧?"

站在我身边、正在打着领带的丈夫,冲着镜子说道。

"是啊。我也是刚刚才注意到。"

"你早上,是不是忘了喝药?"

"嗯。我晚一点就去喝——老公,你领带系歪了哦。"

我将手搭在丈夫的脖子上,帮他整理了一下领带结。

"谢谢。那我走了。"

丈夫微笑着说道。我就是喜欢,丈夫上班前露出这样温柔的微笑。

"路上小心。"

在门口的玄关处送走了丈夫后,总算可以悠闲地度过上午的时间了。从窗户投射进来的清爽的朝阳,也让我的心情更加清爽了一些。

我依照刚才丈夫所说的,去喝了药。而后打开电视,一边将晨间新闻当作背景声音播放,一边翻开报纸。当我看到一篇名为《透明人病》的社论时,突然产生了一种明明事不关己却被人戳了脊梁骨般不舒服的感觉,我粗略地浏览了一下这篇报道。

透明人病。是由细胞变异引起的,致人全身透明化的恐怖病症。现在,日本全国约有十万人,全世界范围内约有七百万人被确诊此病症。人类历史上首次发现透明人病例,距今已有一百多年。透明人的存在,在社会系统、军事、各国谍报战中都引起了巨大的动荡。随着动荡的平息,整个社会正在摸索着与透明人共存的方式。

然而现今,却接连发生了多起让人痛心疾首的伤害透明人的事件。

根据不久前内阁政府的调查,透明人遭遇家庭暴力的案件正在日益增加。被害人不分男女。加害者利用透明人的伤口、瘀痕无法被人看到的特点实施暴力,性质相当恶劣。一般来说,为了掩饰自己的家庭暴力行为,加害者往往需要避开面部施暴。然而，因为透明人的身体特征，加害者无须顾虑于此，所以此类事件的性质往往更加恶劣。

依据现在的技术手段，暂时无法完全抑制人类的透明化。因此，在无法确认伤口的情况下，此类家暴行为，原则上只能通过被害人的供述自行申告。当然，加害者也可以否认自己的暴力行为。因为缺乏证据，透明人作为被害人，可谓处于极其弱势的地位。

我们一直在持续探索着与透明人共生的社会模式。透明人本身，也有着将自己非透明化的义务。这一点，可以通过服装、化妆、为头发染色等方式来进行——最为关键的是，五年前，由美国研发的新型药品，终于在日本得到认可。这种抑制人类透明化的药物，功能暂时尚未完备，仅仅能够以特定的肤色再现人体。然而这却是药物治疗的首个成功尝试。这也使原先因为透明化问题而无法进行的治疗得以实施。在此之前，甚至连代谢物均处于透明状态的透明人病患，因为血液呈透明状态而无法进行血液检查。这种情况也随着新药的发明而得到了改善。

针对透明人病的技术日新月异。未来的发展可谓值得期待。

然而，针对透明人的社会问题，现今却越发地不透明化了。

读完这番极度平庸的见地，我有些扫兴。这篇社论的后续，也只是说了一通要好好对待身边之人，如果周围有透明人，一定要给予必要的关爱之流的大道理。

而在这篇报道旁边，则刊载着一篇让我更感兴趣的报道。

那是一篇关于日本的透明人病研究专家川路昌正教授研发新药的报道。

读完之后，我将报纸折好放在一边。精神有些恍惚了起来。不知怎么就已经到了中午。我简单吃了点午饭，取出了抑制透明人化的药片。

——小姐，你的运气，可真好啊。

我回忆起了十几年前我刚患上透明人病就医时医生对我说过的话。

——哎呀，几年前，国家才终于将"透明人病"列入国家规定的重大疾病。这一点可关乎重大。因为能否开出高价药，关键就在于病症是否被列入了国家规定的重大疾病。所以怎么说呢，还好你得的是这种有名的病症，凡事还是想开些比较好……

对方用淡然的语气陈述着事实与自己的看法，在我看来那是一种试图让我安心的声音。

我又回忆起了讨厌的事，瘫在了客厅的椅子中。

"结果，还是被当成病人对待了啊。"

我不由得自言自语了起来。

当然，透明人能够依靠药物非透明化，做到与常人无异这一点是好事。如果保持着透明的状态，就连在人群里穿行也做不到，更别说什么购物，甚至根本无法就业。所以透明人才会服用药物。如果有必要，不论男女都会化妆。在日本进口海外的新型药物之前，为了给难以上色的眼睛着色，能够再现瞳孔的美瞳成为透明人的必需品。

为什么，透明人会如此不容于世呢？

我回想起了刚才所阅读的川路昌正教授的报道。

——接下来的瞬间，我将手中的药捏得粉碎。为了不让丈夫看到，我将这些弄碎的药冲进了马桶。

我要再一次变为透明。

川路是 T 大学的教授。他的研究室应该位于大学之内，距离大学最近的车站是 U 站。那里的安保很严格吗？我是否有机会接近教授？

不管是哪个问题，对透明人来说都不是问题。

我要杀死川路昌正。我的计划在这一瞬间形成了。

*

在狭窄的小路上，附近突然传来了高声的叫喊。

"啊！别抢我的竖笛！"

"是你太弱了才会被我抢走的！"

两个小学生模样的男生，正在小路上互相追赶着。那个拿着竖笛的男生，撞到了我的身上。"好痛，对不起。"那个男生捂着鼻子说道。

"没关系。不过，走路时还是看着前面比较好哦。"我因为心中的不安，甚至无法保持微笑。

现在是早上八点十二分。这个时间段不能走这条路。

这片区域中，不仅包括川路教授工作的大学，还有幼儿园和小学，以及有名的重点高中，是个教学区。因此，我应该把学生的上学时间考虑在内。在通往大学的路上，我刻意避开了人流量大的街道，但这种小道却十分容易被人撞到。而被人撞到，正是我透明化之后最为害怕的事。

学生通行区域的建筑实在太多，看起来不能走这里。接下来再好好研究一下道路的标识吧。

从我开始停止服用抑制透明化的药物，到现在已经有两个星期了。现在，我的身体已经渐渐接近最初的透明状态。我以前的职业是化妆师，现在我又将脸和手脚露出的部分，通过自己的化妆技术着色，让身体看起来显得自然。其实透明人，只要将头发染色，就能像普通人一样生活了，但是，从我开始构思计划的那一刻起，就开始给头发脱色，并且戴上了假发。

我正隐藏着自己在变回透明人这一状态的事实——等到我完全透明化的那一刻，当我从家里去往大学研究室时，就可以以此为掩护了。

透明人的特征，有以下几点：

· 光线能够穿透透明人的身体。一旦透明化，没有任何方法能够通过视觉辨认出透明人的存在。

· 在光学意义以外，透明人在物理上是确实存在的。因此，透明人无法穿过墙壁。

· 透明人无法将自己以外的物体变为透明。因为透明人病不具备传染性，无法将其他人透明化。

我将这些透明人的特性一一列举出来。

根据第一点，不管研究所的保安戒备如何森严，我都能够入侵。这也是我计划中最为关键的一点。研究所的出入口，设置有需要刷卡的电子锁。不过，只要我跟着刷卡开门的职员进入，就能轻易突破。一旦进入研究所内部，之后的目标，就是川路教授的研究室。

与此同时，第二个特征又成为我计划中较大的障碍。例如，如果有人目击到了我开门时的情景，门打开了，却并没有人，那就证明，有透明人在那里。同时，我也不可能带着凶器出入。现在还没有能将所持物品透明化的技术。为了尽可能缩短凶器浮在空中的时间，我必须在川路教授的研究室里寻找称手的凶器。

还有,在计划的整个实施过程中,我必须不着寸缕。作为女性,要在其他人面前"全裸",内心还是有些不情愿,但既然是以命相搏的计划,这种心态也是必须要克服的。

还有,与第二点相关的,我现在仍在努力确认的一件事,那就是从家里去往大学的路线问题。

透明化后,在马路上行走时,先不说汽车,光是通行的人群就已经非常可怕了。因为自己是透明的状态,对面的行人并不会进行避让。另外,也不能走在行动轨迹完全无法预测的孩子附近。那样太危险了。

如果我没有提前演习,而是在执行计划的那天,走了今天这条路……小男孩在本应空无一人的地方撞到了东西,到底会引起多大的骚乱呢?只是想想就觉得不寒而栗。

不仅如此。在去往大学的路上,还有交通工具的选择问题。

首先,我试着从家里搭电车去往距离大学最近的车站。然而,这条路线却让我感到绝望。在上班、上学的时间段,电车里塞得满满当当,根本就不可能不接触到任何人。平时这条路线人就很多,哪怕错峰出行也让我觉得颇为不安。同样的问题,搭乘巴士和出租车也会发生。

那么,开丈夫的车子去往大学附近如何呢?为了不引起他的怀疑，只能在他上班之后回家之前这段时间使用车子。如果我要在研究所的入口处，尾随职员进入研究室，就需要在职员出入比较频繁的时间段行动。最后我得出了结论，最好是选择在大部分人上班的时间段行动。

更让我烦恼的，是"成为透明人"的地点。如果以透明状态走出家门，如果有目击者看到没有任何人驾驶的车子开在路上，绝对会被吓到。而我还不能使用车贴对车子进行改造，这样势必会引起丈夫的怀疑。

那么，最好的办法还是将车子开到大学附近的停车场，在车子里脱下衣服并卸妆。如果在离开停车场后脱衣卸妆，就没有地方存放衣物了。而把衣物脱在车子里，则不会留下任何证据。

停车场就找一个地处偏僻，也无须与工作人员接触的就好。这样一来，在我脱下衣服、卸下妆时，也基本不会被其他人发现。最后，我确定了离大学最近的一个立体停车场。

到目前为止一切还算顺利，但还需要花时间再确认路线的问题。

眼前的问题真是堆积如山啊。

透明人要杀人，也没那么容易。

"彩子——你还在洗澡吗？"

丈夫的声音显得有些焦急。

"再稍等一下——"

我最近洗澡比平时用的时间要更久一些。这是因为我有必须做的事。

要想完全透明化,必须将身体上的污尘完全清洗干净,因为任何脏污都会成为彰显自己存在的信号。因此,我比平时更加认真地在饭后刷牙,清洁口腔中的污垢。

更夸张的是指甲下隐藏的污垢。代谢物尚且还能排泄出体内,单纯的污垢则另当别论。哪怕只是一点点脏污,在他人眼中,都会成为飘浮在空中的黑点。

我购买了专门清理指甲用的清洁刷,尽管能在某种程度上清除污垢,却还是不够彻底。我甚至买了不锈钢的清甲器,但是因为抠得太深,甚至伤到了指甲下的皮肤。我比做指甲时更加小心地进行了处理。

好不容易清理完指甲,我全裸地站在镜子前。

那副透明的状态,让我几乎恍惚了起来。

花洒喷出的水,在空中飞溅。当我进入浴缸时,无形的身体浸入水中,让浴缸中呈现出我的形态。这种体验让我兴奋了起来。这是我在患病之后,第一次再度完全透明化。我产生了某种愉快的情绪。

在海外的新药进口之前,透明人只能通过化妆来隐藏自己的病症。那时,我可以根据自己的喜好做些游戏般的装扮。

我将食指从第二个关节到指根部的颜色脱落,在凌晨日期变更的时分，我站在这个公寓的阳台上，通过这一截透明的食指部分去观看满月。虽说只是无聊的游戏，却使我产生了一种将满月化为只属于自己的戒指的错觉。真是令人愉悦的游戏啊。

现如今涌上我心头的，正是那些快乐的回忆。

然而，计划能否成功，还要看我之后的表现。当我低头看着在本应无人的房间中被残忍杀害的川路教授时，我将会迎来这份愉悦的最高潮。

从我开始制订计划起，过了一个月的时间。到了八月三日。

原本我正打算在这一天实施计划，那一天却从早上就开始降起了大雨，只能将计划延后一天。

在我的计划中，只有雨雪天气是必须回避的。透明人如果在雨中行走，就会暴露。而在雪地里走，也一定会留下足迹。

到了八月四日。是时候实施计划了。这一天，我早早起床，对穿着半袖衬衫和短裙时所露出的胳膊、手脚，以及脸部进行化妆，让自己看起来就如同是服用过药物的透明人。我戴上假发，遮盖起已经透明化的头发。同时在丈夫面前穿着袜子来藏起自己的脚。

虽然因为过于紧张而完全没有食欲，不过，万一关键时刻因为肚子饿了而不小心发出声响就麻烦了，我当然不想这样。所以我将桃子放入搅拌机打碎，再用勺子一点一点取出，仔细嚼碎后吃下去。此前，我已经计算过"消化"所需要的时间了。如果现在吃下这个，等我开车到达停车场时，食物就会和体内组织一起"透明化"。

"路上小心。"

"……嗯，我出门了。"

丈夫没有向我这边回头，而是直接走出了家门。

我等了五分钟左右，便拿起了车钥匙出门。

走出家门后，我一边张望着对面的屋子，一边屏住呼吸。我的身体有些发抖。我所居住的公寓，走廊两侧各有房间，内部也是以东西方向呈线对称进行设计的。虽然我现在看起来并不是透明人的状态，但大清早就穿成一副要正经出门的样子，搞不好可能会引起邻居的注意。我住在公寓九楼，小心起见，我还是选择走楼梯去往地下停车场。

我开着丈夫的车子出发。如同我之前估算的交通情况一样，路上没有遇到堵车，我便顺利到达了目的地，将车停到了立体停车场的底层。

停车时，我感觉到了什么人的视线。

是婴儿。有个婴儿，正从旁边的车子里，透过玻璃窗直直地盯着我。那孩子一副茫然的表情，吸吮着自己的拇指。他的父母刚下车，正从后备箱中取出一堆行李。这一家人，是要在工作日出去玩吗？还偏偏是今天？我在车子里焦急地等着这家人离开停车场。早上的时间非常紧迫，哪怕只是浪费了几分钟，也有可能会出现致命的差池。

他们的身影消失后，我马上移动到车子的后座席。我脱去衣服和假发，卸下脸部和其他露出皮肤部分的化妆。指甲下也没有藏污纳垢。在这之前，我已经将停车场里监控摄像头的位置，全部记在了脑子里。摄像头拍不到现在车子的后座席。

关键是这之后的行动。

我趁着四下没人，赶紧打开车门又关上。而后将车钥匙用事先准备好的胶带贴在了车子的下面。哪怕是这么小的东西，我也无法随身携带。

离开立体停车场后，夏日的太阳直晒在我的皮肤上，让我稍微出了些汗。由于汗液属于排泄物，因此也是透明状态，但是我却不能用毛巾擦拭，只能忍着这不舒服的状态继续行动。

为了不留下脚印，我避开土地和草丛，在柏油马路和水泥地上行走。一旦太阳升高，马路的温度也会上升，要想光着脚走就很麻烦了。等到完事之后，必须得赶紧回到车子里。

之前没有想到的是我光着的脚上沾到了细小的沙粒和垃圾。我之前也考虑过这种情况，但是今天的高温完全是预想之外。我的脚底出了很多汗，所以状况尤其恶劣。

我只能尽量走在阴凉地里，并且不将脚抬起来。

我一边避让着车子和行人，一边继续向大学走去。变为透明人后，要避开车子这一点和平时无异，所以必须在人行道上走。但是过马路时，只能在信号灯亮起时穿过。而在等红灯时，又要小心不能被其他人撞到，所以必须和其他人保持距离，这一点，要比起平时更加不方便。想到这里，我不由得有些生气。

因为之前在停车场多耽误了几分钟，导致我之前规划的两条路线里，有一条正好赶上了小学生上学的时间段。还好我提前规划了两条路线。

我走进大学。

而后，我站在研究所的楼门口，等待着职员上班的时间。

这时，一个气色不好，又有些驼背的男人出现了。他一手拿着某家咖啡连锁店的冰咖啡，向大楼这边走来。从他的年龄判断，应该是个研究生吧。他将手伸进口袋中摸索着。我贴到他背后，等着他开门。

这时发生了事故。

他为了翻找两边的口袋，而将咖啡在左右手之间倒换时，不慎手滑了一下——冰咖啡的杯子掉到了地面上。

（糟了！）

我抑制住想要尖叫的冲动，赶紧后跳着闪躲。

"笨蛋！这也太危险了！"

背后传来一个女人愤怒的声音，我的脸色，瞬间苍白了起来。

"你看，我的白衣服都被你弄脏了……咦……？"

那飞溅的咖啡，本应直接溅到我身后女人的白衣上，却因为溅到了我那看不见的身体上，而飘浮在了空中。所以这个女人才感到惊讶。

"抱歉抱歉，不好意思。不过，研究室里应该有换洗的白大褂吧？"

男人一边说着，一边用门卡刷开了门。我趁着这一瞬间，跑入了研究室中。

（婴儿）

我紧咬着嘴唇。

是我在停车场遇到的婴儿。从那一瞬间开始，时间就错位了，这也导致我的计划全变了样。

从那时开始，一切就在往不祥的方向发展——

我冲进洗手间，立刻用纸巾擦拭自己的身体。万幸的是，女洗手间里一个人都没有。

刚才那些人，会注意到透明人的存在吗？如果刚才那个感到疑惑的女性，以为是自己看错就好了。

如果他们将这事告诉川路教授，引起警戒，搞不好对方就会将研究室锁好。那样一来，要想入侵研究室就很难了……

不，现在还不能气馁。

刚才的咖啡事故之后，我原本应该一逃了之的。但是那时，我却选择了前进。我已经决定了不能退缩。所以，只能将计划实施到最后。

这时，洗手间的门打开了，一个穿着西装的女性走了进来。趁着门打开的时候，我按着门离开了。如果这时有人在掐表看着，应该会发现，门的运动静止了三秒钟。

我之前已经调查确认过川路教授研究室的具体位置。之后只要等着有人出入时，跟着进入就好。幸运的是，我在研究室门前等了几分钟后，就有一名男生来汇报研究课题。也许，幸运真的是站在我这边。

我趁着门打开的间隙，悄悄走了进去。

"教授，我是来汇报课题的。"

"嗯。你啊……"

教授正坐在房间里侧的桌子前。男生向着教授的方向走去。

我为了和两人拉开距离，走到了左手边的桌子附近潜下身体。

研究室中相当狭窄。除了川路教授自己的书桌外，还有四张研究生们使用的桌子。每张桌子上都堆放着散乱的书籍。如果想要使用电脑，必须得整理一番才能腾出空间。墙壁四周摆放着储物柜和书架，里面存放着大量的实验数据以及资料和文献。房间的一角有一个洗手池，在这间研究室里，还配备了丰富的烹饪器材和调味料。

"我之前提过的地方，你好像并没有认真修改啊。"

教授从资料中抬起头来，继续和男生讨论着。这到底要说到什么时候啊？如果现在有人来告诉他们，有透明人入侵的话……

我的额头上冒出了冷汗。

此时，我已经找到了可以作为凶器使用的东西。在入口附近的置物架上，摆放着一个金属制的奖杯。长约二十厘米，呈四方形，看起来像是什么纪念品。在储物柜中，也摆放着一些纪念杯，但要使用那些，就必须得先打开柜门。洗手池下面的柜子里，也可能有菜刀之类的东西，却又得打开柜子才能确认，和前者一样危险。

"你三天之内改完再来吧。要是过了截止日期，就发表不了了。"

男生握紧了拳头，低着脑袋、垂头丧气地走出了房间。川路教授长叹了一口气后，坐回自己的座位上，背对着我这边。

就是现在——

我终于能够靠近置物架了。

为了不让对方发现，我轻轻拿起奖杯。这东西相当重。虽然拿着很费劲，作为凶器来说却挺不错。因为它原本摆放在架子高处，对身材矮小的我来说，要拿下来也费了不少力气。

我将奖杯拿在手里，感受着它的重量，而后靠近川路教授。

对方是个身高两米左右，看起来体格相当健壮的男性。对比之下，我则是个身高只有一百四十厘米的瘦弱女性。除了趁他坐着，在他没有注意到的情况下袭击他以外，我别无胜算。

就在这时。我的脚底突然发出了声响。

我瞬间屏住了呼吸。我向发出声响的方向低头看去，原来是我踩到了掉在地上的文件。

"嗯？"

川路教授惊讶地回头，向我这边看过来。他应该看到了，这个飘浮在空中的奖杯。他大张着眼睛和嘴，似乎马上就要叫出声来。

已经没有时间犹豫了。我用双手举起奖杯，直冲着川路教授的额头砸了下去——

在洗手池清洗过后，我的身体再次变为透明状态。

虽然在川路教授尸体倒下的地方，到洗手池的路径上，还残留着点滴的血迹，不过我应该没有留下任何自己的痕迹。

我从他的电脑中，删除了所有的研究数据。连备份文件也彻底删除，并且将柜子里的文件，还有其他的重要资料，全都用碎纸机处理了。这样一来，川路教授在这几年来研发制作的新药,应该会推迟问世一段时间了。当然,如果永远都开发不出来的话,就更好了。

终于可以放心了。

现在是上午十点三十二分。计划真正实施起来,比我想象的要更花时间。

而后,只要打开门锁,趁着四下无人时出去就——

就在这时,有人敲门。

"川路教授——川路教授在吗?"

我整个人僵在原地。

"您没事吧?没事的话请回个话。有透明人潜入了这栋楼里。"

让我更加惊恐的,是发出这个声音的主人。

为什么,是我的丈夫——内藤谦介,他为什么会在这里?

"不行,内藤先生。教授肯定已经被杀害了。我们不能放任透明人在里面为所欲为啊!"

一个陌生的男人声音响起。

我还能争取多少时间?

我急忙行动起来。在确认门锁已经上好之后,我开始调查房间。

这时,我的背后,传来了咔嚓一声。原来堆积在桌上的文件散落了。

"喂,里面是不是有什么声音啊?"

"难道说,真的就在里面——"

我的冷汗流了下来。我还有多少时间?我开始疯狂地思考起来。无论如何,都不能在这里被抓到。

我必须从这个密室之中,消失——

2

我是从什么时候开始怀疑妻子的呢?

最开始引起我注意的,是韭菜炒鸡蛋和炸软骨串。

"今天我没有食欲。你都吃了吧。"

彩子这样说着,将盘子里的韭菜炒鸡蛋全部拨到我的碗里时,我想,自己当时应该是露出了非常惊讶的神色。

"我说了什么奇怪的事吗?"她有些困惑地笑着问。

"不,没什么……"

我一边吃着韭菜炒鸡蛋,一边这样回答,但内心却感到十分奇怪。这道菜我和妻子都爱吃,特别是妻子对此十分钟爱。平时哪怕是没有食欲的时候,她吃了这个也会打起精神来。

接下来让我感到不对劲的是炸软骨串。我去了妻子喜欢的炸串店，为她打包了外卖回来。但她却完全没有动筷子。仔细想来，从韭菜炒鸡蛋那天开始，家里的主菜，就从以前的肉类换成了鱼类。

某天早上，我发现妻子正在厨房里，将水果放在搅拌机里处理。我平时起得比较晚，妻子似乎并没有注意到我已经起床了。只见她将打成沙状的水果，用勺子送到嘴边，一口一口地吃下。说起来，最近大部分时候，我都是一个人吃的早餐，原来妻子是比我更加提前吃完了。

我的脚不小心碰到了摆放在地上的大桶装调味料瓶，瓶子互相碰撞，发出了声响。

妻子吸了口气，马上回过头来。

"……早上好。今天不知道怎么回事，就是起得比较早。"

这本不是什么奇怪的事情。我却不自觉地掩饰了起来。

"啊，是嘛。稍等一下，我现在就去准备早餐……"

妻子一边用身体遮住搅拌机，一边说着。她的脸上浮现出了有些尴尬的神情，就好像是被看到了不能让我看到的东西一般。

"最近，你每天早上都榨水果当早饭吗？"

"嗯？是，是啊，"彩子微笑着回答，"我看早间节目里说，水果非常有营养。而且这个还很好吃，非常鲜美。要不要给你也做一点？"

"嗯，好啊。给我也来一份吧。"

我坐到沙发上，摊开报纸，这时，我看到了有关川路教授相关研究的报道。

川路教授正在研发的新药，似乎可以将透明人的身体复原。在达到全身复原的药效之前，他也在考虑，先制作能够将脸和手腕、腿部复原的试用版。不过哪怕是试用版，也可以改善现在透明人在服用进口药时经常会出现的皮肤"透明化"问题，一旦出现这种问题，就得用化妆来进行弥补，对于透明人来说，川路教授的新药，算是个好消息。旁边的关联报道中，则提及了川路教授的个人生活，以及他平日喜欢运动，因为长期锻炼，肌肉相当发达。看到这里，我不禁苦笑了起来。

透明人病出现至今已有百余年的时间，而针对这种病症的非透明化治疗——不管是从政策角度，还是从药物角度——经过种种努力，终于到了可以根治的程度了。医药世界的进步可谓日新月异啊。

我第一次遇到妻子，是在大学时期。那时，美国开发的新药，还没有得到国内的认可，那时的透明人，还要依靠服装和化妆来解决生活中的问题。当然，透明人只会对露出的手脚和脸部化妆，如果脱了衣服的话……

想到这里，某些鲜明的回忆，将韭菜炒鸡蛋、炸软骨串，还有搅拌过的水果，连成了一条线。

说起来有些不好意思，和她的第一次亲密行为，进行得相当不顺利。原因就是她的腹部。光线可以穿过透明人的身体。但当时她的胃里，却正在消化当天晚上喝酒吃饭时摄入的东西，可以看到一堆黏黏糊糊的液体飘在空气中。那是啤酒和鱼生，以及鸡尾酒和炸串的混合物。看到这一幕时，我彻底失去了兴致。

"对不起，我突然有点……"

"我知道，要在皮肤上涂上无害的涂剂比较好。我明明有认真涂过的……"

对于没有意识到她的情况的自己，我感到相当难为情。作为男人感到羞耻的同时，我也将当晚的事深深记在脑子里，引以为戒。

关键的一点在于，我能够看到她胃中的消化过程这一事实。

韭菜炒鸡蛋的韭菜中，含有大量的纤维物质。而软骨串的软骨，也是不好消化的食品。

我尝试在网上继续搜索，找到了一个"透明人与饮食"的页面。其中提到纤维质比较多的食物，还有肉类中含有的软骨、果实以及蔬菜的种子，会因为无法被消化，而漂浮在胃里，如果咀嚼得不够仔细，就会以这种漂浮物的状态被排出。因此，透明人在吃这种食物时需要特别注意。这篇文章是在进口抑制药物引进前所写，算来应该有些年头了，它的末尾这样提到：

"当然，这是在抑制药引进之前的注意事项。比起之前使用的喷涂剂,那种能够简单再现皮肤颜色的药物,能够让透明人的饮食变得更加自由,这是毫无疑问的事实。"

对啊,如果要维持非透明状态的话……

又过了两天之后,我假装若无其事地偷偷观察着正在服用抑制剂的妻子。她取出两片药,放在右手的手掌上,这样送入口中,然后用左手拿着水喝下去。我注意到了,这时妻子的右手是握成拳状的。而后她走到走廊里,不知道为什么,她的右手在右边的墙前挥动了一下,而后左转进入了左边的洗手间。在这一连串的动作中,她始终都没有张开右手。很明显,她没有服药,而是将药丢进了洗手间冲掉。

我已经确定了。妻子没有服用抑制药,她要变回透明人"原本的"状态。如果变回透明状态,就必须避免食用含有纤维质的食品,以及软骨类食品。当然,如果没有消化,将这些物体排出也无妨。但从妻子的目的来看,她应该是想要尽力避免体内有食物无法消化而显现出漂浮物的状态。所以她才会食用更易于消化的打碎的水果。

但是,她的目的又是什么呢?

透明化后的生活,很不方便。哪怕这样也要变回透明,一定有相应的理由。

我想到这一点时,又发现了别的线索。我车子中的汽油增加了。所谓的增加算是语病,确切地说,是我原本的记忆中，只剩下一半的汽油，不知道何时，被补充到了几乎装满的程度。一定是有人趁我不在时，使用了我的车子，并且为车加了油。而除我以外，有车钥匙的，只有妻子一个人。

我不在家的时候，她开车去了哪里呢……

我想来想去，认为是妻子出轨了。

变成透明状态，也许是为了神不知鬼不觉地从我眼前消失……这么一想，我感到害怕了起来。

让她给皮肤上色，正是因为我害怕，不知何时她就会从我身边消失吧。如果她变成透明化，我就没有任何办法找到她了。归根结底，不惜举国之力使用各种医疗手段为透明人上色，正是因为我们普通人在害怕这一点吧。

可是，我并不想怀疑妻子背叛了我。

我产生了一种想要确认这一点的情绪。

这时，我发现邮箱中被投入了一封信件，那是一张看起来很廉价的传单。在一行写着"茶风义辉侦探事务所"这样冰冷的文字下面，还有一句"本人对跟踪非常自信！绝对不会被发现！如有疑难事件请务必联系我！"这种看起来营销味道十足的话。虽然不知道这个人是否可信，不过我原本也并不认识什么侦探，所以就想着，不如试着联系一下看看。现在想来，会根据一张古怪的传单去联系侦探，可以想见，当时的我精神状态有多么糟糕。

八月三日晚。这一天，我下班后，来到"茶风义辉侦探事务所"听取调查报告。

我事先打了电话，告诉妻子"今天要加班"。今天从早上开始，就一直在持续下着大雨，虽然打了雨伞，我的脚还是彻底被淋湿了。

我按下门铃，门马上打开了。一个穿着栗色西装、身材瘦削的男人打量了我一下。他染着一头茶发，发量有些稀疏，但是高高的鼻梁和清澈的眼睛，却给人一种很聪明的感觉。他看了我一眼，然后容光焕发。

"啊！我等你好久了，内藤先生！"

我走进事务所中，因为是下雨天，空气相当潮湿，房间里还有种刺鼻的酸臭味。事务所中拥挤地摆放着各种资料夹以及书籍。房间的四面墙壁中，有三面墙都堆放着书。我在这片书山之中找到了沙发，坐了上去，静静等着听取侦探给我的报告。

"经过一周的跟踪调查，我获取了您太太的行动轨迹。请您放心，我的跟踪是'绝对不会被发现'的。您的太太也没有任何察觉异样的表现。"

也不知道这个男人的自信是从何而来的。我不禁有些羡慕。

"先从结论开始说吧。您的太太，确实在工作日的每天，都会开车出门。"

"果然……"虽说和之前的预想一样，我还是受到了相当大的震撼，"那她到底去了哪里呢？"

"她将车停在了U车站附近的立体停车场，而后徒步走到了……T大学里。"

"咦？"

出现了我意想之外的答案。

"没错，她是去了大学。我也不知道这对您来说，是幸运还是不幸，总之她并没有去出轨对象的家里。进入大学校园之后，她去了学校里的研究所楼。她在工作日的每一天，都重复着这个行为。"

"……我完全搞不懂这是怎么回事。"

"这样啊。"

侦探站起身，从桌子上取出了一张大大的地图摊开。这是U站与大学附近的白地图。

白地图上有无数手写的标记，并且用不同颜色的记号笔，画出了几条不同的路线。

"这是什么？"

"每一种不同颜色，代表您太太途经的线路。红色的是第一天，蓝色的是第二天，就像这样。您太太在刚过八点时在停车场停车，然后再途经这些路线去往T大学……她一直重复着这样的行动。您看，这条红色路线和蓝色路线的区别是什么？"

我仔细一看，红色和蓝色两条路线，在前半段路线相同，却在某个地点一分为二，行至大学处，才再次会合。

"也就是说，她在第一天和第二天之间，对路线进行了微调？"

"没错。此外，第一天的路线，是小学生的上学路径。"

"……什么意思？"

"你可真是个头脑迟钝的人啊。也就是说，您的太太是在摸索路上行人比较少的路线。虽然第三天和第四天，她考虑了其他路线，像是那条大马路。最后到了第五天，她重新走回了第二天的路线。看起来，她还是要选择人尽可能少的路径。这种不断试错的意图，你只要仔细回想一下，引发你来这家事务所时注意到的事，就明白了。"

"啊，"话都说到这个份儿上，我终于明白了，"我太太是想要变回透明状态。"

"就是这样。变回透明状态之后，首先要注意的，就是绝对不能被人撞到。如果被其他人发现有'透明人'，搞不好会报警引起混乱，您太太正是想避免这一点。所以，她才会寻找人尽可能少的路线。而行动路径难以预测的学生们的上学路和人来车往的大马路，都是她必须避开的路线。"

"那这是……为了什么呢？"

"您的妻子每天都会站在研究所门口，只要想明白这一点就知道了。那个研究所的大门，是电子锁刷卡出入的。但如果是透明人，就可以趁着他人进门的时候，尾随在其后面一起进去。"

"那么，她又为什么非要入侵研究所呢？"

"隐藏着自己变为透明这一点，瞒着你用车，避开所有人的目光，摸索着潜入研究所的路线……从这些线索综合来看，我有两个假设。第一种，您的妻子是商业间谍。也就是说，她想要盗取川路教授的新药资料。"

"商业间谍？我太太？"

"听起来难以置信吧？可是在历史上，最开始对透明人的身体特征进行利用的，就是人体实验和间谍哦。"

"利用……！透明人也是普通的人类啊！"

"啊，这么说有些冒犯，对不起，惹您不高兴了，"茶风一脸满不在乎的样子说道，"不过，也只能说这种可能性很低吧。如果她真的是商业间谍，那么从准备阶段起就应该透明化了。这么说有些失礼，不过不得不说，您太太的行动，实在是有些冒失。"

"那么，看来茶风先生，您觉得另一种假设的可能性更高吧。那又是什么呢？"

"啊，那个啊。"

茶风将手抵在额头上，低着头说：

"您的太太，可能是在准备杀害川路教授。"

"可是，她的动机是什么？"

第二天，八月四日。我们一早便准备前往 T 大学。

根据之前的跟踪结果，我们已经知道，她在第五天，重复走了第二天的路线。也就是说，第五天很可能是最后的演习。第五天的日期是八月二日，茶风说，妻子很有可能在接下来的一天动手。

然而，八月三日却下起了雨。妻子中止了行动。茶风推理，真正的行动时间，应该是八月四日。

我向公司请了一天病假。早上在妻子面前穿好西装，装作要去公司的样子，而后则进入了等在我家附近的茶风的车子里。

几分钟后，我家的车子，就从公寓的车库中开了出来。虽然根据之前的证据，已经能够猜到她会这么做，但亲眼看到这一幕时，我还是有些不愿意相信。

我们跟踪着妻子的车子时，我的头脑中浮现出了之前的疑问。

"我的妻子，到底为什么要杀害川路教授？"

"这个嘛。在这个时间节点，想要作案，我想应该是和川路教授开发的新药有关吧。"

"新药？不可能吧。能够完全治愈透明人病，是所有透明人的梦想。当然，哪怕对于透明人的丈夫的我来说也是——现在人们不是都在想尽办法，对抗透明化带来的各种不便吗？"

"可是，如果这么想呢。并非他们是透明人，而是我们有颜色。"

"……完全听不懂你的意思。"

"比如说，您的妻子可能实际上非常丑，她不想被人看到自己的真实相貌。"

"有这种可能吗？"

"也不能完全否定吧？"茶风一手离开方向盘，用食指戳了戳我，"确定透明人身份的方法，就像你知道的那样，是使用自己提供的'透明人患病前的照片'，以及通过颜料和化妆再现的'照片'进行登记。先不说前者，单说后者，如果是高明的化妆师，应该能够伪造出他人的脸孔吧？"

"如果拥有化妆技术，倒是的确……但妻子大学毕业之后，就马上和我结婚了，并没有相关的职业经历啊。"

"……哦，真的吗？"茶风向我看了过来，"可是，你不觉得这个问题还有考虑的余地吗？虽然是每天都生活在同一屋檐下的夫妻，可对方，真的就是自己所认为的那种人吗……"

之前他提到的相貌问题我倒是不怎么在意，反而是听到这句话的瞬间，我的寒毛竖了起来。

（对啊……她原本，就是透明的存在……让她服用药物，进行化妆、涂上颜料，然而那只不过是暂时呈现出来的样子而已……如果，她的外表是完全伪装出来的，我真的能够察觉吗？）

彩子，你到底是什么人？

就在我寒毛直竖的时候，茶风的车子开到了大学附近的一所停车场中。

"我们从这里徒步走进T大学。她的最终目的地应该是大学里的研究所。只要等在那里，我们就能亲眼确认，您太太的目的究竟是不是杀人了。"

我和茶风一起，坐在能够看到研究所出入口的长椅上。我们选择了树荫下的位置，妻子应该也不会察觉。一个穿着浅栗色西装的脸色难看的男人和一个穿着夏季西装其貌不扬的上班族，我们这样的二人组还真是有点奇怪。还好大学校园的包容力比较强，我们这样一对奇怪的组合，才没有引起保安的怀疑。

在这里干等着实属无聊，喉咙也渴了起来。天气实在是太热了。这时，有个驼背的男人拿着一杯在连锁咖啡店里买的冰咖啡，正在走向研究所的大楼。虽然只是便宜的冰咖啡，但在这种情况下看到，还是让我羡慕不已。

"茶风，我想出去买杯喝的——"

我正要这么说的瞬间，研究所前有人发出了"哇"的一声。

只见男人的冰咖啡杯摔到了地上，里面的咖啡洒得到处都是。掉到地上的杯中飞溅出来的咖啡沫竟然在空中飘浮着，这场面过于令人震惊。

"笨蛋！这也太危险了吧！"

站在男人背后距离稍远的一名女性，愤怒地叫了起来。

"我知道了。您看到那里的咖啡飞沫飘浮着吧？您太太一定就在那里。但是我们必须得跟她保持距离才行，不然会被她发现的。您的心情我能理解，但现在还请少安毋躁。"

"为什么啊？"

"刚才她出现了重大失误。如果是我，发生这样的情况，一定会直接逃走。我们接近那里，可能会被她发现我们在跟踪她。"

"可是——"

我们继续监视着研究所的入口，刚才因为咖啡而引发争执的那对男女也走进了楼里。我们一边确认着周围的草丛上没有透明人出逃的足迹，一边接近建筑物。

"您快看！"

在茶风的指点下，我向门里看去，只见在玻璃门对侧的地垫上，出现了咖啡的污渍。

"那个洒咖啡的男人，身上几乎完全没有沾到咖啡。他背后的女性也是一样。然而即便这样，门的里侧还是出现了咖啡的污渍，也就是说……"

"——彩子进去了！"

"很遗憾，确实如此。看起来您太太是认真的。"

这时刚才的驼背男人，从玻璃门对侧走了出来。

"啊，您这是要去再买一杯冰咖啡吗？"

"咦？"

驼背的男人用打量可疑人员的目光盯着茶风。我赶紧说明了事情的原委。男人听完之后，说着"啊，原来你们都看到了"，而后他的情绪才缓和下来。

然而，茶风无视对方的困惑，继续进行着问题发言。

"我是茶风侦探事务所的茶风义辉。现在在这个研究所内，正在发生杀人事件。我们能不能借用您的门卡进去？"

而后便是一连串的骚动。

对方吓得几乎马上要去叫保安了，在我拿出自己的身份证后，这才渐渐平息了混乱。

而后，驼背的研究员，还有他带来的一位身材健壮的研究员，站在门口，听我们讲述了关于透明人的存在，以及刚才那次咖啡引起的骚动，虽然他们接受了我们的说法，却仍然犹豫，不想放我们进去调查。

"如果真的有透明人入侵，那教授的生命就危险了。"驼背的研究员有些神经质地说道。

"可你们这些家伙也很奇怪，"身材健壮的研究员慢慢摇了摇头，"你们说的话……听起来实在是太令人难以置信了。"

"拜托您了。那个透明人其实是——"

我的妻子,我将这原本打算说出的话收了回来。现在还仅仅是怀疑而已。我想如果真的说了出来,便成了对她的背叛。

"是我的朋友。得在她真的做出什么事之前,先阻止她才行!"

两个研究员带着困惑的神情对视了一下,又商量了好一会儿。

"……好吧,以防万一,我们还是进去调查一下吧。"

"我们也可以一起进去吧?"茶风厚脸皮地说道。

"嗯,如果是你们的朋友的话,也许有什么只有你们才能注意到的东西,不过……"

身材比较健壮的那位研究员将握紧的拳头伸了过来。

"可如果让我看到你们有什么奇怪的举动,那可别怪我不客气哦。"

"这家伙,高中和大学都是柔道部的呢。"

听驼背男人如此说着,茶风小声嘀咕了一句:"原来如此,那看起来能派上用场。"

而后我们得知,驼背的男人叫山田,体格健壮的那位叫伊藤。

我们使用山田的门卡进入研究所。洒在玄关地垫上的咖啡渍,一直漫延到女洗手间的方向。

"她是去洗手间清洗沾在身上的咖啡污渍了。现在的她,应该已经完全是透明人状态了。"

"那她之后应该会去……川路教授的研究室吧?"

我们往楼下走去,并且在靠里侧的川路教授的研究室门口站住。我趁势敲起了研究室的门。

"川路教授——川路教授在吗?您没事吧?没事的话请回个话。有透明人潜入了这栋楼里。"

"不行,内藤先生。教授多半已经被杀害了。透明人已经进去了很长时间,肯定已经动手了。"

我正在思考茶风的话时,房间里突然发出了咔嚓一声。

"喂,里面是不是有什么声音?"

"难道说,她真的在里面——"

"那,我们就想办法进去吧——你有这个房间的钥匙吗?"

"可恶,让外人进入大楼已经是按特殊情况处理了……"伊藤挠着头发说道。他使劲地敲着门,大声叫着:"川路教授,不好意思!您能回个话吗?为了确认您的安全,我们要用钥匙开门了!"

说完之后,他快速跑上了研究所的楼梯。

"要找到研究室的备用钥匙,大概还得花点时间吧。搞不好还得去行政办公室申请才行。"

"那可真够耽误时间的啊。不过算了,除了这道门以外,研究室还有其他的出入口吗?"

"不,只有这一道门。"

"我知道了。那么内藤先生,我们就在这里监视着这道门。万一门把手转动了,我们必须在一瞬间采取行动。"

研究员去取钥匙的时间,漫长到让我以为过了一个世纪。终于,伊藤带着钥匙回来了,茶风马上用钥匙打开门,并在握住门把手的时候,回头说道:"准备好了哦。搞不好她会趁我们开门的时候跑出来。我一打开门,你们就马上跟在我后面进来,并且马上关门。内藤先生殿后。门一关上,你就立刻按住门把手。"

我甚至还没来得及回答,茶风就打开了门。两名研究员紧贴着走了进去,我也跟着他们。关上门后,我照茶风所说,握住了门把手。

"有没有接触到什么人的感觉?"

"啊,"伊藤指着驼背的山田说道,"我是贴着这家伙进来的。没有人能从我们两个之间溜出去。"

"不愧是透明人研究专家啊,脑子转得真快。"

这时,山田发出了"咦"的一声。他露出了怪异的神色,看着门边的一个架子。

"怎么了?"

"原本放在这个架子上的奖杯不见了,怎么回事啊……"

"哦,哦哦哦,那东西去哪儿了啊,我找找,咦……"

伊藤指着房间里侧说着。

"为什么会在那边啊……"

研究室中,充满了刺鼻的腥臭味。这股气味的来源,正是躺在房间里侧地板上的川路教授的尸体。

而死者的模样,也相当异常。

首先,他的衣服被完全脱掉,整个人全裸着仰躺在地上。甚至连内裤也被脱掉,姿态如同刚出生的婴儿一般。川路教授体格健壮,现在这副锻炼过的身体却完全暴露了出来。他此前穿着的白大褂等衣服,被杂乱地丢在尸体边。

其次,现场的状况非常残忍。川路教授的面部被划得乱七八糟,甚至到了让人不忍直视的程度。仔细一看,他的胸部附近,可以看到几处明显的刀伤。而造成这一切的厚刃尖菜刀,正插在他的心脏部位。

这样的现场也太过凄惨了……没有任何人接近尸体。很明显,川路教授已经死了。

比起这个,还有更加恐怖的事。

在这个房间中,有一个我们都看不到的人,正潜伏其中。

3

当我看到四个男人进入房间时，几乎想要倒抽一口气。但是我忍耐住了。因为此时，我必须连呼吸声都屏住……

（如果只有一个人，也许还能出其不意地偷袭，可是……）

对方有好几个人，而且现在的情况完全超出了我的预想，形势可谓严峻。如果我攻击其中一人，其他人马上就能察觉到我的位置。我只能采用不给对方任何信息，抓住机会在瞬间逃走的策略。

"很明显，透明人已经完全变为透明状态了。你们看洗手池那里。"

穿着栗色西装的瘦削男人这样说着，打破了沉默。

"洗手池前的地垫上飞溅着水迹。毛巾架上的毛巾上还有血痕。透明人的血也是透明的，所以这块血迹，一定属于川路教授。也就是说，凶手在这里冲洗掉了行凶时溅到身上的死者的血迹，并且擦拭干净。她已经完全透明化，并且正潜伏在这个密室当中。"

"啊，不愧是侦探啊。"

体格健壮的研究员用鼻子哼了一声。我也有点想效仿一下。不过事实上，这位侦探所说的话，精准得可怕。

"山田先生，首先请联络警察。"

"这里没有固定电话啊。因为教授是社会上有名的透明人研究专家，难免会有讨厌的人想打电话过来骚扰，因为这一点，教授特意没在研究室里安装电话。而且这里是地下室，手机也没有信号。"

"那怎么办？"

"我现在出去打——"

"不，现在先算了。现在不能开门。"

因为语速太快，说完这句话，侦探缓了口气。

"那么，接下来，先把门缝贴住。"

"茶风先生，"我的丈夫问道，"到底是怎么回事？"

"到了这一步，我们能做的，只有现场逮捕了。你想想看，如果让透明人从这个房间，又或者是从这栋大楼里逃出，我们以后还怎么找得到她呢？"

我很明显地听到了丈夫深深吸气的声音。

问题是，这个被称为"侦探"的男人，口中所提到的"她"。看来他们已经发现了我的身份。也许是丈夫发现了我的可疑举动，找到侦探协助调查吧。

这样一来，想要从这里逃出去就——不，现在悲观还为时尚早。

反正以目前的证据而言，要在法庭上立证还没那么简单。最糟糕的情况是，我在这个房间里被当场抓获。如果能够避免这一点，之后逃脱的办法就有很多了。

"没错，我们绝对不能让她从这里逃走。所以才要把门封好。如果门贴被剥下，或者门被破坏，我们就一定能够注意到她的位置。"

理解了侦探所说的话，研究员们开始在房间中寻找胶带，将房门的缝隙贴好。

"茶风先生，接下来该怎么办？"

"稍微给我点时间。……啊，你们背靠着墙壁，护住头部吧。"

"啊？"

只见茶风侦探靠近墙壁站着，摆出了一个战斗的姿势，笨拙地原地蹦跳着。

"对方已经杀死一个人了。而且她还是个用刀子划烂死者面部的凶恶歹徒。更何况我们还看不到对方。她现在就在我们呼吸所及之处，搞不好接下来就会袭击我们。当然，我是有格斗经验的，那边那位体格健壮的先生，也有柔道经验。"

两名研究员和我的丈夫在空气中交流了一下眼神,仿佛那里正站着一个幽灵。

从茶风的姿势来看,他所谓的格斗经验明显是在虚张声势而已。可万一不是呢?那个男人的眼神看起来十分狡猾,没准儿他是准备用这种方式来侮辱我,待我忍耐不住轻举妄动时一举将我抓住。我的思考陷入了僵局。

我的选择,在目前的情况下也许是错误的吧。我之前想得太简单了。我完全没有想到,侦探会成为案件的第一发现者。

(不过……只要不被发现就好。)

我屏住呼吸,努力不发出声响地呼了口气。

4

"现在已经把凶手的逃跑路径全部封锁了。接下来,我们聊聊吧。"

听到茶风的话,我吃了一惊。

"哎呀,现在不是聊天的场合吧。"

"可是,不管你们是否愿意,大家刚才也都看见了……川路教授那凄惨的死相。我有几个比较在意的地方。"

虽然教授死状凄惨,我还是用余光看了一眼。尸体的面部被割裂,身上还插着一把刀。虽然可谓惨不忍睹,但又的确十分令人在意。

"那把菜刀是……"

"啊,就是从那里拿出来的吧。"

茶风若无其事地指着洗手池的方向说道。那下面有一道打开的柜门，里面的菜刀架上有一把菜刀被取出。从川路教授的尸体到洗手池处，血迹分为两条线在地上留下了痕迹。就如刚才茶风所说的，这是我洗去飞溅到身上的血迹时留下的。

"我想问问你们，"茶风向两名研究员问道，"这个洗手池下的柜子里，是放着菜刀吧？"

"嗯，是的，"山田回答道，"原本应该是放着两把的……"

"哦？在研究室里放菜刀，还真有点奇怪啊。而且，还是这种很尖锐的厚刃菜刀。要做点简单料理的话，不需要这种级别的菜刀吧……"

"那是两年前的事了。有个研究生为了研究透明人的消化问题，在那时制作了各种各样的料理，来获取食物的消化过程与透明化进程的数据。做鱼类料理的时候，这种厚刃刀就派上用场了。这刀就是那时留下的，现在那个研究生有时候还会用它来做料理呢。他可是相当热衷于此道。"

原来是为了研究透明人的消化情况啊。之前我自己也考虑过这个问题。

"原来如此。所以这里才会有一堆烹饪器具和调味料。不过能在这里找到菜刀，对凶手来说，也够幸运的。"

他一边打量着尸体，一边说道。"明明是一尺的厚刃菜刀，却仅刺入了十厘米，这一点也很令人在意啊。"他这样补充道。

"在这里找到菜刀……"

我稍微思考了一下说道。

"这么说的话……不是有点奇怪吗？凶手是计划好要杀害川路教授而入侵研究室的。那样一来，他应该提前准备好凶器吧？"

"哎呀，你还没搞懂'真正的透明人'是怎么回事。"

茶风故作姿态地举起双手，冲我露出了嘲弄的表情。

"提前准备好了凶器，要怎么运送到这里呢？不管是什么东西，都没有办法变成透明的。如果走路的时候让菜刀飘浮在空中，不就等于向其他人宣布'这里有透明人'吗？"

"原来如此，"虽然他说话的方式让人火大，不过确实在理，"所以，才必须在行凶现场寻找凶器吧。"

茶风走近尸体。

"啊，你就这么走过去了，倒是小心点啊！"

"如果她攻击我，正好我们就能知道她在哪儿了。说起来，研究员同学，你刚才说有两把菜刀吧。两把菜刀是一样的吗？"

"嗯，是的。都是从一家店里买的。"

茶风走到尸体旁蹲下，"啊，原来如此。"他这样说道。

"这样确实很难一眼分辨出来。你们看，第二把刀在这里。"

茶风用手帕包着拿起来的，是第二把刀，确切地说，是刀把的部分。而刀刃部分有一半折断了。

"看来这是把'折断的菜刀'。折断的那部分刀刃我也找到了……它埋在尸体右胸部稍微旁边一点的位置……"

"是全部插进去了吗……？"

被电击一般的恐惧，在我和两个研究员之间弥漫着。

"确切地说，是刺入右胸部的菜刀在这种状态下被横向弯折，结果刀刃的部分留在了体内吧。其实也并不是完全插入体内，因为还能看到刀刃的断面，所以我才发现的。啊，请各位放心。作为私人侦探，我当然明白要保留现场证据这一点。我不会碰尸体的。"

"那么，将刀刃折断的，恐怕就是这个东西了。"

茶风拾起的，是一把锤子。在比尸体更靠里侧的地板上，放置着一个打开的工具箱。

"可是，凶手到底为什么要这么做呢？"

侦探耸了耸肩。

"暂时还不知道——不过我刚才提出的第一个问题，已经找到答案了。接下来，该解决第二个问题了。"

茶风摊开手说道。

"我们将房间分为四个区域，每人各站在一个区域内。相当于每个人负责一个单独的区域。尸体附近交给我，其他的部分你们自由分配。"

我们如他所说的一般，决定了各自负责的区域，并且背靠墙壁站着。

"然后呢？"

"大家都穿着鞋吧？"

我们互相对视了一下，向茶风点了点头。而后，他从桌子上拿起实验用的护目镜和军用手套穿戴上，又拿起锤子，正当我惊讶地疑惑着他到底要做什么的时候，只见他开始缓缓地敲碎储物柜上的玻璃。

"哎！"

茶风继续着奇怪的举动，他将储物柜的玻璃打碎后，又去弄碎了另一个装饰架上的玻璃。房间之中满是玻璃碎片，不仅如此，他还捡起比较大的玻璃片，丢向没有碎片的地面，打碎。

他的这番举动，着实让人摸不着头脑。

而后，他满足地吸了口气。将护目镜取下放在桌子上。

"哎呀，原来打碎玻璃还挺费劲的。"

"茶……茶风先生，您这到底是在做什么——"

"现在的透明人，应该是光着脚的。这样一来，她就没法走动了吧？而且只要一踩上玻璃就会发出声响。"

他这么一说，我才终于理解他这番动作的含义。我的头痛了起来。如此看来，什么都需要他说明的我才比较奇怪。

"那么,接下来,就是收网的时候了。"

他这么说着,从胸口的口袋中取出了一根指示棒。

"我之前就预想到了事态会发展成这样,所以准备了这个东西,看来我的想法是正确的。从现在开始,我要这样做。"

茶风将指示棒拉伸到最长,而后向眼前的空间挥过去。他一边横向、纵向、斜向地移动着指示棒,一边探查着眼前的这部分空间。

"这样不规则地挥动指示棒,就能查找到透明人的位置了。因为只有一根指示棒,为了保证透明人不会从一个区域跑到另一个区域,我在地上撒了玻璃。另外透明人也不能在桌子上行走,因为桌子上堆满了成山的文件资料,要想在桌子上行走,肯定会把资料弄散。"

虽然他的行动看起来傻里傻气,不过想法听起来相当合理。

茶风划完了自己负责的区域后,将指示棒依次丢给另外几个人,在各自负责的区域里进行了一番同样的行动。

然而——

"奇怪了。怎么找不到啊?"

"那么胡乱挥动指示棒,我想透明人是不可能避开的……而且也没有听到碎玻璃的响声。"

"还有没找过的地方吗?"

"那个，"山田举手说道，"会不会在……储物柜上面啊？"

"有可能，"茶风点了点头，"好，那现在我就往前走一步，去储物柜上面找找。现在地上发出的声音是我弄的，来了——"

茶风迈出脚步，在脚着地前，他用手扶着眼前的桌子，停止了脚步。

静寂中发出了一声声响。

"……看来这种程度的虚张声势，还不会把她引出来啊。"

茶风踏出脚步，踩在碎玻璃上。而后，他从踏出的位置伸出指示棒，在储物柜上方探寻着。然而他并没有碰到任何东西。这时，某个念头突然在我的脑中一闪而过。

"为什么凶手要让死者全裸呢？"

"说起来，这个问题的确还没有探讨过。"

"我想到了一种可能性。透明人本身就是赤裸的，也就是说……"

"是说凶手有可能夺走了被害人的衣服吗？有可能哦。但是，她却没办法穿着衣服逃走。在这里的两位研究员，之前在研究所大楼的入口跟我们一起监视着出入的人，她不可能伪装成别人走出来吧。"

"我想的不是这样。我的意思是，如果全裸的透明人，就这样在自己的身体上涂上皮肤的颜色的话……那她在我们面前,就会呈现出一个全裸之人的姿态吧?"

"什么啊?!"茶风瞪大了眼睛,"你是说,这具尸体是凶手伪装的吗?"

虽然对方的提法比他预想的要精彩一些,让他面露出一丝喜色,不过很快,他的脸色便又阴沉了下来。

"那是不可能的。当然,我知道你在想什么。尸体脸上的伤口,的确可以通过特殊的化妆技术来实现。然而,如果凶手伪装成尸体,那只要将被害人的衣服穿在身上,只露出皮肤的部分就可以了。在有限的时间内,没有必要特地给全身化妆。而且首先,您的太太——不,您的朋友,体格应该非常瘦小吧。"

"这个尸体的体格与教授是一致的。"伊藤哼着气说。

"不过,内藤先生提出了一个不错的着眼点。让尸体全裸,一定有某种意义。可到底是什么呢……?"

茶风低下头,陷入了沉默。他用手抵着下巴,眉头紧蹙。

他瞥了一眼尸体的方向。就在这一瞬间,他的眼睛突然睁大了。

"啊……!"

茶风快步走过去。地上的碎玻璃发出了两三次很大的声响。

"等,等下!你刚才不是说,动之前要说一下的吗?怎么自己不遵守规则啊?"

"我怎么这么笨！对于明明就在我眼前的东西，竟然一直视而不见！"

"茶风先生，到底是怎么回事啊？"

"你们看！这个被害人，实际上被杀害了两次！"

"两次？你指的是被刀子捅了好几下吗——？"

"并不是。从这个角度看就知道了。被害人的额头上也有伤口。我们之前，只注意到了他身上无数的刀伤，但是他额头上的伤，毫无疑问，是由钝器所伤的。还有——"

茶风飞快地说着，从地上捡起了一个金属制的奖杯。奖杯的一角沾着血迹。

"这个奖杯隐藏在书堆里！这才是真正的凶器！凶手用这个击打死者的额头之后，再用菜刀捅进尸体。这样尸体才形成了那副惨状。"

"请等一下。他额头上的伤，会不会是在被菜刀刺中之后，倒在地上撞到的啊？"

"这是不可能的。从透明人的角度来思考就明白了。透明人必须在这个房间里寻找凶器。刚才也说过这一点。可是在拿取凶器的时候，必须注意，在拿到凶器前，绝对不能引起死者的注意。比如说，储物柜里也放着奖杯。这种奖杯更容易用手握住。但是凶手选择的，却是这种四方形的奖杯，这是为什么呢？"

"难道是因为……凶手不能打开柜子？"

"没错。在本应只有自己一个人的房间里，如果柜门突然被打开，一定会引起川路教授的警戒。因为凶手需要出其不意地攻击，所以绝对不能引起对方的注意。而且，一旦引起注意，教授还会看到空中飘浮着的凶器。因此，凶手只能使用架子上摆放着的奖杯了。"

"菜刀也是同理。因为菜刀是放在柜子里的。"

"看来你也明白了啊。工具箱也是同理。所以，洗手池下的柜子和工具箱，都是在川路教授死后被打开的。也就是说，菜刀和锤子，都是凶手在行凶后，因为某种理由而使用的。也就是说，杀人的时间，和使用菜刀的时间不同，从尸体到洗手池处留下的两道血痕也可以看出。是凶手在对尸体进行了残酷的对待之后，又去清洗了一次。"

"那么，凶手使用菜刀和锤子的理由，又是什么呢？"

"目前凶手的计划还只能靠我们想象，不过应该是和川路教授正在研发的新药有关，多半是想要夺走或者消除新药相关的研究数据吧。当我们在研究室外胶着时，凶手虽然没办法逃走，却有充分的时间准备。就在这段时间内，事态发生了剧变。"

"是因为我们突然说要冲进来吧。凶手在房间里听到了这段话。"

"正确，"茶风顺势打了个响指，"因此，凶手必须隐藏起来。他选择使用菜刀和锤子，也不能算是异想天开吧。"

"那么，为什么要使用菜刀和锤子呢？"

"这里需要注意的是锤子。锤子的用途，并不是伪装成凶器，而是用来将这把刺在胸部旁边的菜刀敲断。也就是说，凶手将菜刀插进死者身体之后，并没有把它拔出来，而是要将其折断在里面。那么，为什么必须折断菜刀呢？最简单的回答就是，如果尸体里插进了一把菜刀，会很麻烦。"

"啊？"

虽然听起来确实是很简单的回答，但我的头脑却越发混乱了。

"啊，这么做可能有些冒犯，不过场合所限，不小心碰到了应该也没关系吧。"

茶风蹲到尸体旁边，在尸体的手部旁边摸索着。而后，他像是安心了一般地叹了一口气，将自己的手在空中慢慢抬起。他的手，仿佛正扶着一位公主的手。而在那只手上，他又将自己的另一只手合了上去。

"终于找到您了，夫人。"

5

我一直确信，我所思考的方向是没有问题的。

在研究室被强行闯入的情况下，不论对方的思考能力如何，应该都会先堵住出入口。在这种情况下，根本没有办法从正面突破。因为到处都散落着文件纸张，所以能藏人的地方其实很少。我唯一能够想到的，是储物柜上方的空间，可如果躲在那里，要下来时难免就会发出声响，所以还是不行。

那么，为了瞒过闯入者们的眼睛，就必须藏在他们不会调查的地方——我在思考着，会成为他们盲点的空间。

可以躲在尸体上面啊！

然而，站在上面，或者坐在上面都不可以。那样的话，我站立或者坐着的尸体部分，因为被重力压着，一定会产生某种扭曲。那样无疑会暴露我的存在。所以，只有躺在尸体上，将自己的体重分散开来才行。也就是说，以仰卧的姿势，躺在尸体上面。川路教授是个身高两米、体格粗壮的男人，而我则是个身高一米四的身材瘦小女性。我能够完全躺在他的尸体上。

但是，如果我的头压在他的脸上，他的鼻子和嘴唇就会被挤压变形。所以还是把头放在他下巴以下的位置比较稳妥。另外，如果尸体穿着衣服，我再躺上去，衣服就会呈现出不自然的褶皱。于是我将尸体的衣服脱下，直接躺在他的皮肤上，将他的身体变形尽量控制在最小的范围内。当然，如果对方身上肥肉很多，那就非常容易挤压变形，我的手段能够奏效，也多亏了川路教授虽然身为研究人员，平时却精于锻炼的体质。

可如果闯入者进来调查尸体，我也会被马上发现，因此，必须想办法，不让他们靠近尸体。那就必须让他们一眼就能判断出教授已经死了，这样才比较好。我在柜子中找到菜刀，并用菜刀将教授的脸划伤，再在他的胸口刺出几道伤口。最后将刀刺进他的右胸部，因为刺得太深，导致刀子直接没入了他的筋肉之中。我怎么也拔不出来，情急之下，我用锤子敲断了刀刃。因为如果刀子插在尸体上面，我之后就没有办法躺上去了。

而后，我在尸体上躺下，还剩下最后一步工作。那

透明人潜入密室

就是用刀子，同时刺入我的身体和川路教授的尸体，并插在上面。普通的物体，即使插入透明人的身体，也不会变成透明，没有人会认为，被刀子插入心脏的人，还仍然活着。而闯入者应该也不会想到，我会将刀子刺入自己的身体。

因为我的身体比川路教授小了一圈，所以川路教授的心脏部分，正好位于我的肩头。虽然插入时产生了一阵剧痛，但是我忍耐着没有发出声音。我一定要从这密室中逃脱出去。

我划破川路教授的脸，并且在他的胸口来回刺划，还有另一个理由，那是为了掩饰从我自己身体中流出的血液。当然，血液属于透明人的排泄物，自然也是透明状态。但如果靠近尸体的人，发现本应什么都没有的地上，却有着血迹一样触感的液体……那就等于是在发出提示信号，有正在流血的透明人在这里。所以为了隐藏透明的血迹，让尸体的红色血液喷溅在附近，是最有效的办法。

（那个男人……是叫茶风吧。没想到他那么聪明。）

这个诡计，只能在第一发现者是普通人的情况下使用。理想情况下，第一发现者进入房间内，四处寻找，最后得出没有透明人的结论。因为房间内没有固定电话，手机也没有信号，发现者就会离开房间去呼叫警察。我可以利用这个机会逃脱。

然而，茶风却让我的所有计划都泡了汤。我原本也没有预想到，会有侦探这种人出现在这里。他不仅不畏惧尸体，敢于靠近，还用胶带封住了门，用玻璃碎片封死我的去路……

这么一想，当我在停车场看到婴儿时，所有的事情已经开始向不幸的方向倾斜了……

正当我盯着看守所房间的墙壁时，有人向我搭话，说是有人想要见我。大概是辩护律师一类的人吧。然而实际上，站在亚克力板对面的，正是那个身材瘦削，穿着栗色西装的侦探。

"您好，今天，想要稍微和您聊一下。"

"……聊什么？"

我们两个人，分坐在亚克力板的两面。侦探脸上的表情从容不迫，因为不想在气势上输给他，我也跷起脚，抱着胳膊，背靠在座位上。我的旁边还有一位警察，对谈话进行记录。

"——那么，您有什么事呢？"

"您先生已经来见过您了吧？"

"嗯，就在刚才。虽然没什么必要，不过他还是问了我很多问题，还去调查了透明人被捕的先例，也了解了相关的特殊事项。"

"原来如此，看来您先生很理解透明人。"

茶风似乎意有所指。然而，在案发现场，倒是这名侦探更了解透明人,这个能够追随"真正透明人"思维模式的人,到底有什么企图呢?

"说起来,我有一件很在意的事。"

"啊,不是说只是闲聊吗? 看来这才是关键吧。"

"是动机,"茶风没有回答我的话,马上说道,"你为什么要杀害川路教授?"

"我已经跟警察说过了。"

"听起来像是过激派透明人的行为啊。的确有这样的社会组织,他们主张取回透明人权利,认为透明人本来就应当是透明的,但国家却在阻止这一点。你说自己参加过相关的集会组织……现在这个组织内部,对于到底是支持你还是反对你,也出现了很大的争论。"

"是的。川路教授要把我们变为完全的非透明化,所以我才要杀了他。"

"很遗憾,因为过激派思想而行凶的说辞是谎话。这很明显。如果你的目的是杀害川路教授,并且毁坏资料,那么哪怕当场被逮捕也没有问题,反而可以进行犯罪声明,可谓一石二鸟。"

"然而,你却有必须从那个房间中逃脱出去的理由。当然,我对你的胆识相当敬佩,如果没有很想守护的东西,是不可能那样伤害自己身体的。"

我绷带下的伤口开始痛了起来。

"嗯? 想要守护的东西,你指的是什么?"

"是您和您先生的生活。那是您好不容易才得到的……对吧。"

我悄悄地调整着呼吸。

应该还没有露馅吧。之前我让丈夫帮我带来了化妆品。因为是透明人，所以必须使用，我以这个理由通过了检查。应该没暴露。

"内藤先生……来见过您几次呢？可真是辛苦他了啊！因为您的事，最近他经常跟公司请假呢，不过趁着他来看守所的时候，我也调查了一下您家——还有附近的事。"

"骗人。"

"没错。包括您所居住的公寓的其他房间，我也调查过了。"

我不由自主地站起身，感到一阵眩晕，整个视线都模糊了。

"别说了。求你了，我不想听。"

"内藤谦介和您所住的房间是901室，对面则是902室。"

"……不！"

我捂上耳朵。

然而，茶风毫无顾忌的声音，仍然在宣告着冷酷的事实。

"在902室，发现了两具尸体。在真空压缩袋中，装着一个非透明人男性，以及一个透明人女性。男性的DNA与902室的住户渡部次郎一致。而女方则是——"

茶风说到这里停顿了一下，轻轻叹了口气。

"901室的住户，内藤彩子。"

"通过您先生的话，以及您的供述，我注意到了几点。"

警官们按住已经陷入混乱的我，我也渐渐冷静了下来。茶风一脸若无其事的样子开始解说。

"第一，是您在弄碎药片后去洗手间时，右手在空中划了一下。901室洗手间的门，在走廊的左侧，您为什么要特意用握着药的右手开门呢？这一点意味深长。而那所公寓对面的房间，内部装饰与901室的呈线对称结构。也就是说，902室洗手间的门，是在走廊右手边。也许这是您在紧张状态中，流露出了过去的习惯吧。"

"这种事……"

"还有一点，是更加细微的部分。在您的供述中，有这样一个小插曲，说的是您将自己的食指化为透明，然后对在满月上的游戏。在描述这个场景时，您提到，站在公寓的阳台上，是凌晨'日期变更的时分'。也就是说，在此期间，满月应该是位于空中偏西的位置。然而，901室是东向的房间，因为'清爽的朝阳'能够照进房间。这和刚才的洗手间问题，可以归结到同一个结论。那就是，您原先是住在公寓里对面那所房间的吧……"

虽然他说得头头是道，但是能够注意到如此的细节，还是让我吃了一惊。

"在我听到关于洗手间的论述时，已经产生了这样的想法。虽然还处于没有任何根据的阶段，我还是试着问了您的丈夫：'如果是高明的化妆师，应该能够伪造出他人的脸孔吧？'"

"他应该会说，妻子并没有做过化妆师一类的工作吧。"

"确实，因为毕业后就马上结婚了嘛。"

"可是，就像你想的一样，我——渡部佳子，的确是个化妆师。"

"啊！在那起密室事件之后，我也好好地调查了一番。……而后，我就明白了您为什么必须杀死川路教授，将新药完全抹除。"

这是我绝对想要隐藏的秘密。因为我已经将自己的身份替换成了内藤彩子。内藤彩子的幸福，已经被我夺走了。所以我必须向"丈夫"内藤谦介隐藏这一点。

"现在想想，我的先生——不，内藤先生应该感觉很糟糕吧。住在一起的女人，在不知不觉中换了人，对方还是陌生的邻居……"

"确实，听起来有点毛骨悚然。"

"我，挺羡慕她的。我是指内藤彩子。"

当我回过神来，才发现自己已经开始说起原本并不想说的故事。

"明明住在同一个公寓，明明应该是相同的收入阶层，然而在婚姻生活中得到的幸福却大相径庭……你刚才也提到了，内藤先生，是真正能够理解透明人的人。他既温柔又体贴……虽然有些没主见，不过作为透明人的丈夫，还是很靠得住。可是，我自己原来的丈夫……却在恶劣地利用我是透明人的特点。"

茶风一边向我投来了忧虑的视线，一边轻轻地催促我继续说下去。

"……渡部次郎，对我使用了暴力。"

"……就在前几天，新闻报道也说了。以透明人为被害人的家庭暴力事件增多了……"

"我也是被害人之一。现在的药物，只能让透明人再现出皮肤的颜色而已。而川路教授所研发的新药，则能让人完全恢复身体本来的样子，听说了这一点，我坐立不安了起来……当然，我必须尽力避免我在冒充其他人的事暴露。最近不是说，仅仅能够再现手和脚部的试用版也许会先发布吗？可哪怕只是这个试用版，也绝对不可以发布……因为我的手腕上，还残留着……很多的证据，一定会被内藤先生发现的。"

我无法说出比证据更加具体的话语。如果再多说什么，我一定会想起那些被丈夫打伤面部时所留下的回忆。

如果我恢复了自己原本的面貌，脸上的伤痕，马上就能一目了然地让别人发现我是个冒牌货。

"我也曾经考虑过，动机是否与家庭暴力有关。但如果是内藤先生使用了暴力，那么要夺取药物隐藏事实的人，就应该是内藤先生。因此我否定了这个想法。家庭暴力，不存在于你和内藤先生之间，所以你才要拼命隐藏遭到家暴的事实。"

"虽然你的说法有些不可思议，但确实就是这么回事。"

经过茶风细致的推理总结，我因为他的率直发言而感到震惊的同时，也奇妙地安下了心。

"……我很羡慕内藤彩子。我想要将她的生活据为己有。我想将那个人，将内藤先生据为己有。在思考这件事的时候，我突然意识到，因为自己是透明人，所以可以……我和她的声音颇为相似，身高和体形也颇为一致。不同之处只有相貌。不过因为我是透明人，所以不管什么样的皮肤，都能够通过化妆完成……"

——我啊，是做过化妆师的。

——彩子，你的脸孔很漂亮，要不要让我给你化个妆呢？也算是给我练手了……

我向她这样搭话，彩子面带喜色地将我带到了家里。就在那时，我将901室的内部装修结构，哪里都有什么，全部记在脑子里。

比起这些，更加重要的是，要触摸彩子的脸。

——真好啊。能让真正的化妆师帮我化妆，感觉我赚到了呢。

因为身体是透明的，我的手指感觉非常敏锐。这也是理所当然，因为剪指甲时，并不能依赖眼睛而只能靠触觉。我将自己的全部注意力，集中到了这敏锐的感觉上，用心去记住彩子的脸。她的嘴唇，她的鼻子，她的睫毛长度，眼睛的大小，眼皮是双还是单。毕竟是我奉献了十几年时间的职业。给彩子化过几次妆之后，我已经能够站在自己房间的镜子前，完美地再现出彩子的脸了。

而后，我杀死了彩子和自己的丈夫。同时，我还经常利用902室，制造出一些渡部夫妇仍然活着的痕迹。我就这样继续着自己的双重生活。应该不会有人发现那个房间里有尸体吧。因为这是不会对任何人说出的秘密，我也很难将尸体运送到其他地方。

"因为是透明人，所以不管是什么样的肤色都能……"

"是啊。可是，我也不知道，这到底算不算是幸福。"我有些看不清茶风的脸，我将视线投向了自己的手上，"如果我不是透明人，应该不会产生如此恐怖的想法吧。不管邻居家的生活有多么幸福，那都是别人的家……我不会把它当成自己的。但是，我却偏偏拥有着将它据为己有的能力。所以才……"

"因为是透明人,所以才会杀人,这有些过分了吧?"

我不由得抬起头。茶风露出了一副我从未见过的险恶表情,紧紧盯着我。

"太太,有些话我原本并不打算说的。但是听了您刚才的话,我觉得有必要说出来。"

"什么?"茶风所发出的安静的怒气,让我害怕了起来。我感觉自己不自觉地提高了声调:"我,我已经没有其他隐瞒的事了。"

"是的。您已经没有了。"

"……什么意思?"

"说起来,您知道我们那天为什么会出现在研究所吗?您的先生……啊,其实并不是您先生……是因为内藤先生,来找我商量了关于您的事。"

我沉默着,而茶风则探出身子继续说道。

"内藤先生从您的饮食变化,开始怀疑起了您,所以希望我去跟踪您。不过最开始他怀疑您出轨,杀人则完全是预想之外。接下来就是重点了。听好——我在从那开始的一周时间里,一直都在跟踪着您。包括您在大学里的步行过程中,我都一直跟着你。"

"怎么可能?"

我拼命摇着头,努力地搜索着自己的回忆。

"可是,我那时刻意地观察过路过行人的脸,我完全不记得曾经见过你啊!"

"身为化妆师的您,对于他人的相貌,应该会比普通人更加敏感。然而,您却全然没有注意到,我一整周的时间里都在跟踪您。您知道这是为什么吗?"

茶风用右手打开了左手手表的表链,将手表摘了下来。

我瞪大了眼睛。

手表下的部分,他的左手手腕——是完全透明的。

"这就是我之所以敢自称'跟踪绝对不会被发现的私人侦探'的绝密理由。警察也知道这一点。有时他们还会请我协助搜查。我是可以不服用抑制剂,得到特别认可的透明人。我可以在某些特定场合卸掉一部分化妆。不过现在能够偷偷让您看一眼的,也只有这里了。"

"难道说,你也是透明人……"

同时,我也终于理解了。能够真正理解透明人思考方式的人,只有透明人。

"就像您所了解的一样。现在在这个国家,或者说在世界上,透明人终于能够过上平稳的生活了。世人终于能够接受透明人,并且不将其视作病态。当然,我非常同情您的遭遇。您真正丈夫的所作所为,是不可谅解的。然而,因为是透明人所以杀人,这种话对我来说是绝对无法原谅的。"

他将透明的左手腕部举到我的面前。

"我的生存方式,也许称不上高尚。但是这种生活方式也是堂堂正正的。……对于某种人来说，将自己所处的状况化为'理由'，并将所有的责任都推到这种状况上，也算是某种幸福吧。"

我深深地陷入椅子中，身体上的力气仿佛被抽走了一般。

"您为了自己的私欲，夺走了三个人的性命。不仅如此，您还阻止了科学的进步，您将这一切都推到透明人的身上。可是，'透明'并不是杀人的理由。这只是'您'的选择。"

会面的时间结束，透明人侦探的身影安静地消失了。

夺走三个人的生命后，我的秘密也暴露了。一旦知道了这个秘密，内藤谦介也会离我而去吧。我现在，又变为孤身一人。我产生了一种想要再次变为透明状态，消失在不为人知的某处，就这样死去的心情。

然而，涂在我皮肤上的颜色并不允许我这样做。化妆、药物，以及侦探的告发。我取回了自己的相貌与名字。而这相貌与名字，也正是我的罪。

什么时候，能够在看守所的窗户中看到满月呢？

我举起食指。月光被我的手指所遮蔽，我已经再也无法看到梦了。

参考文献

赫伯特·乔治·威尔斯,《隐身人》(桥本槇矩译),岩波文库。

哈里·F. 塞因特,《透明人的自白》(高见浩译),新潮文库、河出文库。

G.K. 切斯特顿,《隐身人》(《布朗神父探案系列》收录。中村保男译),创元推理文库。

荒木飞吕彦,《JOJO的奇妙冒险 Part4 不灭钻石》之《捡到麻烦的东西了》,集英社。

六个狂热的日本人

在本次公审中,我注意到,只有陪审员们知道陪审室中到底发生了什么。

雷金纳德·罗斯,《十二怒汉》作者的话

"是个非常简单的案子嘛。"伴随着合上笔记本发出的声音,审判长说道。

坐在右陪席、身为法官的我,点了点头。

"因为犯罪嫌疑人已经进行了供述。证据也已经齐全了。"

审判长一边捻着胡子,一边重重地点着头。

坐在左陪席的年轻候补法官开口:"这次的陪审员们也相当不错啊。他们认真听取了证言,并且加以整理,还积极地进行了交流。"

"是的。日本导入陪审员制度已经九年了,我们也已经习惯了邀请市民参加庭审。这次的六名陪审员,也非常积极地参加了审议呢。"

"没错。"我同意道。

"说起来,你提的那个箱子里是什么啊?"

审判长向左陪席那边问道。

"啊,这是我太太亲手做的蛋糕。她让我带过来,在评议时分给大家。"

"你有个好太太啊。"

审判长眯起眼睛,流露出有些寂寞的神色。

这时我想起审判长的夫人于数年前过世。审判长夫妻没有子女,从那以后,审判长就成了工作狂。

"可是,给大家分蛋糕,会不会有问题啊?"

"这蛋糕是我妻子亲手做的,所以应该没有金钱价值。如果是店里买的,那就算是贿赂了。"

"原来如此。的确,我想你也应该不会做出触犯法律的事情。"我苦笑着说,"可是,这么说对你太太有些失礼哦。"

"啊,确实。所以也请您对我太太保密。"

左陪席的法官露出了一脸不好意思的神情,我和审判长对视了一眼,笑了起来。他性格开朗,经常帮我们调节气氛,而他本人也拥有着比常人更强烈的正义感,我们都很喜欢他,特别是年长的审判长。

进入评议室,中间有一张圆桌,桌边已经坐了五位男女。

"啊,审判长。"

此时起身的1号陪审员,是一位肤色偏黑、身材结实的男性。他是一位咖啡馆老板,言谈举止温柔,看起来,他经营的咖啡馆应该也会让人身心舒畅。

"刚才，6号说他去洗手间了，请大家稍微等一下。"
审判长点了点头。

我们一般使用编号来称呼陪审员。当然，有时也会根据陪审员的意愿，用姓名来称呼彼此，不过今天，身为银行职员的6号提出"如果用编号来称呼，应该能够更加客观地讨论意见"，所以今天所有人统一使用编号来互相称呼。

"请大家尝尝这个，是我妻子做的蛋糕。"

"啊，蛋糕，真不错呢！"

2号高兴地说道。这是个身材瘦小、担任中学教师的男人，外貌精悍，体格也相当紧实。他负责教数学，同时也在排球社团担任顾问，身板一看就知道是经过了长期锻炼的。同时，他还带有一些职业病，声音非常通透，语调也非常坚定。

"我啊，对甜的东西真的没有抵抗力。"

"确实，茶水室还有红茶。"

审判长说道。

"哎呀。您太太可真好。那我就去为大家准备红茶吧。"

3号急忙站起身说道。这是一位身材丰满、气色很好的女性，她能很自然地融入评议的气氛之中。身为主妇的她，在这种场合下，也总是忙东忙西停不下来。

"我也来帮忙吧。"1号说着也站起身走了出去。

"哇，是蛋糕啊！"

4号歪着脑袋说道。这是一位化着浓妆，动不动就上扬起眼角的自由职业的女性。陪审员都是通过公平抽签选取的，法院会给被选中的人送去"陪审员传票"。"传票"这个词，多少会让人产生义务感，实际上，如果没有正当理由拒绝出席，则会受到惩罚，所以哪怕是这种年轻人，也会抱着认真的态度前来。

"我还在减肥呢，我就不吃了。不过这是什么蛋糕啊？"

"是磅饼哦。我妻子很擅长做这个呢。"

"那么4号，"5号说道，"成为陪审员，还能享用蛋糕，这个机会可不多见哦。要不然还是来一块吧？"

"哎呀，你可真会说话。那我也尝一块吧。"

"哈哈，相信我没错的。"

5号笑着回答道。这是一个眼角下垂、容貌温和、沉着大方的男性。身为大学生，他今天是特意向研究小组的教授请假前来参加审议的。不过因为他参加的是法学系的研究组，所以出席这样的活动也算是有意义的学习体验，这次活动也被算作出席研究组了。他的年龄与4号相近，在评议以外的场合，会用柔和的语气融入讨论之中。

1号和3号按照人数取来了红茶，并且取出纸盘，将蛋糕分装了进去，每个人总算重新坐回了椅子上。当然，除了去洗手间的6号。

经过四天的公开审理，大家对案件已经进行过数次讨论了。之前已经将听取的证人证言和各种信息讨论整理过了。今天也到了要评议决定被告人到底是有罪还是无罪的最终局了。

"不好意思，我迟到了。"

"啊，6号来了。那么——"

审判长突然愣住，停止了发言。在场的其他人也做出了同样的反应。

走进来的，是戴着方形框架眼镜、身材矮小瘦弱的6号。身为银行职员的他，脑子聪明灵活，对于我们所提出的议题也把握得很好，经常主导陪审员们的讨论。因此，在我们三名职业法官看来，他是这些陪审员中最可靠的一位。

而今天6号却穿着一件极具冲击力的粉色T恤。T恤的胸口上还印着"Cutie Girls"（可爱少女）的logo。

"嗯——"审判长并没有掩饰脸上的困惑，然而他还是严肃地说道，"那就开始了。现在开始进入评议阶段，就被告人是否有罪进行讨论。在有罪的情况下，则要考虑如何量刑。"

"结论通过投票决定。然而，哪怕是多数派，其中也必须包括一名职业法官的赞同票，否则投票将被视作无效。比如，在座的六位陪审员均投有罪，而三名法官投无罪，那么这起案件将无法被判为有罪。不能被判定有罪，即视为无罪。关于这一点，还请各位注意……"

审判长一边郑重其事地说着，一边时不时地打量着6号。

"还有，今天的讨论内容是非公开的。对外将只会公开有罪无罪以及量刑，也就是结论。关于谁投了有罪，谁投了无罪，以及投票的内因和整个讨论过程，都不会对外泄露。关于这一点还请各位注意，同时，大家也因此可以更加放心地进行讨论。"

审判长说到这里，看了一眼左陪席法官，此时的他为了记录，正站在一块白板旁边。

我借此机会开始引入话题。

"那就按照顺序，每一个人来发表一下意见吧。"

这么说的原因，是我想把看起来就很麻烦的6号安排到后面发言。说起来，到目前为止，还没有人对6号的着装发表任何意见。

"啊，这不是挺好嘛，"1号用力地点了点头，站起身说道，"那么，就从1号的我开始吧。虽然我平时对庭审并不熟悉，不过像这个案件这样清楚明了的案子，应该并不多吧。被告人与被害人两人都是为了参加偶像组合'Cutie Girls'（可爱少女）的演唱会，从山梨县来到东京的。那是她们在春天举办的'Spring Festival'（春日祭典）演唱会，作为现在非常活跃的大型偶像组合，这个演唱会分为两天举办。第一天的演唱会结束后，两个人在入住的酒店房间里发生了争执。而后被告人突然殴打了被害人。被告人已经进行相应的供述，因此，杀人事件本身应该是毫无争议的，应判为有罪。因为是突发性争执，也就是非计划性杀人，所以我认为，这里应该注意的是，量刑应该从轻一些。这样可以吗？"

"啊，这个啊，怎么说呢？"

听完1号的意见，身为中学教师的2号说道。1号说着"那就请2号发言吧"，将发言权让给了他。

"谢谢您。的确，就像1号所说，这起案件属于非计划性杀人。凶器是酒店中自带的电热水壶，上面也残留着大量指纹，让人感觉被告人不像是要隐瞒自己的犯罪行为的样子。

"然而，被告人殴打了被害人的头部两次。如果说殴打一次还能勉强算作冲动杀人的话，两次就不能算了吧。再者，被告人在殴打被害人之后，并没有对被害人进行任何抢救措施。如果杀人真的是冲动之举，那么被告人回过神后应该会进行抢救。然而，被告人则在供述中提到自己在殴打被害人之后，进入了恍惚状态，行凶一个小时之后才终于报警。

"然而，故事还没有到此结束。被告人提到，他和被害人当时正在酒店房间里一起观看偶像组合的演唱会

DVD，在对被害人进行殴打之后，他先是按下了 DVD 的暂停键，再去报警。这是不是太冷静了？这种行为也可以当作体现被告人残忍一面的证据吧。"

经过一番较长的发言后，2 号又补充道："别看我现在这样，大学的时候，我还是研究过法学的。"

"啊，等一下等一下，这是不是有点不公平啊？" 4 号噘嘴说道，"法官之前说，大家都是普通人，所以都是平等的哦。"

"是啊，" 5 号也表示赞同，"你要这么说的话，那我以前也是法学院的学生呢。"

"哎呀，真是失敬。"

虽然 4 号的表现有些失礼，但是 2 号却大度地接受了。看来身为中学教师的他，已经习惯了被比自己年轻的人顶撞。

"哎呀，别吵了。该轮到我了吧？刚才的蛋糕也太好吃了，请代我谢谢您的太太。"

"好的，" 左陪席法官笑着说道，"那么，请 3 号进行发言。"

"没错,这的确是一起相当恐怖的案件。我没有想到,在法庭上能把这么多证物都摆放出来。作为凶器的电热水壶就不用说了，甚至就连偶像组合的粉丝在演唱会上用的应援荧光棒，还有装荧光棒的背带夹上面都沾满了血迹，真是吓人啊！"

"3号3号，现在不是让您发表感想，是要听取您的意见。"

"啊，不好意思，我跑题了。我也认为有罪，量刑可以从轻一下吧。从第二天开始有证人出庭做证吧？根据被告人朋友的证言，说他平时是个温和的孩子嘛，而且他那副紧张不安的样子和我儿子挺像的……我家儿子有时也会一时冲动发起火来。说起来，在这次事件发生的同一天——今年的四月，我在秋叶原看见了儿子。回家之后，我问他在那里干什么，他却突然生起气来。他平时明明是个很温和的孩子啊！感觉被告也是这种很容易被什么事情激怒的人吧。"

"原来如此，我知道了，"我感觉她一说起话来，似乎永远都不会结束，因此找了个停顿之处打断了她的发言，"那么接下来是4号。"

"这是一起因偶像引发争执导致的杀人事件。真是令人难以置信啊！我个人非常喜欢那个偶像组合的歌曲。以后可能听到她们的歌，就会想起这起事件呢。这件事对于那个偶像组合也造成了不小的困扰吧。有罪。"

4号只说完这一段，就把脸扭到一边，搞得我也有点不知所措。

"呃，那就接着请5号发言。"

"啊，到我了吗？嗯。我有一个很在意的问题。现场不是有个垃圾箱嘛，那个偶像组合的DVD被打开之后，塑料包装被丢到了垃圾箱里，刑警是这么说的吧。被告人的供述也提到，他们是在看那张刚刚发售的DVD时发生了争论，因此也可以佐证这一点。不过，再看看现场的调查报告，可以看到这上面写了一大堆在现场发现的东西，极其详细，不过在垃圾箱里，除了DVD的塑料包装以外，还有一块消炎胶布的包装垃圾。可是，不管是被害人还是被告人，都没有贴过胶布。那么，这块胶布的包装垃圾是从哪儿来的呢……"

说起来，5号也曾经向审判长提出申请，希望在对证人进行质问的时候，对这件事进行确认。

"5号怎么老是在纠结这些细碎的事情……"2号有些不愉快地说道。

"可是，我在暑假的时候，曾经在那家酒店打过工，那个酒店对清洁工作要求很严格。而且负责调查现场的刑警也说，向酒店的工作人员确认过，案发的头一天是打扫过酒店房间的。"

"不仅如此，烟灰缸里也有垃圾残留，是某种纸类燃烧过后留下的东西。虽然没能复原出原本的物品，不过据被告人说，是'划了一根酒店的火柴看了看'。总感觉有点不太对头吧……"

"那么，你的意见是……？"

2号像是在和不懂事的学生争论一般，用有些不耐烦的语气说道。

5号泄气般地说：

"当然，胶布垃圾和燃烧残留物，并不能改变对被告人的不利局面，所以我投有罪。量刑的话，既有冲动杀人的因素，也有二次殴打的伤害，不管是判轻还是重判都有道理，所以应该折中处理吧。"

"好的，那么接下来……"

此时现场的气氛凝重了起来。

戴着方形框架眼镜的6号闭着眼，稳重地抱着胳膊，一副泰然自若的神情。然而，他的样子却称不上威严。因为他身上穿着的是一件粉色的宅男T恤。

"死刑。"

"啊？"

6号好不容易开了口，却让我大吃一惊。他这是在说什么啊？

"那个男人，应该判死刑。"

左陪席法官一副下巴要掉下来的样子，张了张嘴，审判长倒是依旧很冷静。

"6号，虽然我觉得你应该已经读过了之前给你的量刑资料，但这是一起非计划性杀人案件，而且被害人只有一个人，你为何如此突然地说要判死刑呢？"

"嗯，是的，我已经读过量刑资料了。不过，这是一起史无前例的案件，面对这种没有前例的案件，应该需要一定的决断力吧,审判长?"

"呃,没有前例,"1号插嘴道,"怎么会没有呢?发生争执之后冲动杀人,这不是很常见的案子吗?"

"可是,这个男人引发了这样的事件,给'Cuite Girls'(可爱少女)组合的队长御子柴咲造成了十分恶劣的影响!"6号颤动着拳头说道,"发生了这样的事情,社会上一定会出现'这就是宅男'的舆论风向。一旦形成这样的话题,那自然就会给组合成员造成极其恶劣的精神影响了。偶像组合的粉丝应该为了自己所信奉的东西保持自身的纯洁和清白啊!"

"其实我在今天听完被告人的最终陈词之前,都一直在努力想要做出公正的判断。然而,我现在终于确信了。那个家伙直到最后都没有向'Cuite Girl'(可爱少女)道歉!那家伙竟然把偶像宅[1]的风评搞臭了!应该判死刑!"

我不由得愣住了。

也许,6号每天都在他银行职员的制服下穿着那件粉丝的宅男T恤,等待着原谅被告人的瞬间吧……而到了今天,他终于忍无可忍。看来我们三个法官对6号所抱有的依赖,只不过是个幻觉而已。

左陪席的法官拿着笔僵在白板前。审判长瞪大了眼

---

[1] 指痴迷于享受日式偶像娱乐的群体。

睛，却没有要张口的意思。

这样下去就麻烦了。就在我要开口说话时，2号叫了起来：

"那，你这么说但你又做得如何呢！"

我望向2号。他露出了一副已经听不下去了的表情，而后苦劝般说道：

"你是穿着演唱会的T恤从演唱会会场回家的吧？"

"嗯，当然了，"6号皱着眉回答，"那又怎么了？"

"我会在演唱会的会场换上新的T恤，把沾着汗的演唱会T恤装进塑料袋里拿回去。一方面是因为不好意思，另一方面，穿着满身是汗味的T恤坐电车，也会给周围的人不好的印象，'这个人是那个○○偶像组合的粉丝欸，○○的粉丝就是这种人啊'，别人搞不好会这么想吧。你嘴上说着纯洁、清白，实际上却并没有以身作则。"

"你嘴上说着不好意思，其实是因为自己身为教师而忌惮外界的评价吧。"6号忍着怒气回应道。

2号打量着6号，而后从胸前的口袋中取出了手机。

"你看看！这个手机壳上可是'Cutie Girls'（可爱少女）的定制图案……而且这还是御子柴咲——小咲三年前亲手绘制的限定版图案，很羡慕吧！"

然而，注意到了6号冷淡的反应，2号的脸又变得潮红了起来。

"算了先不说这个。重要的一点是,这个'周边'[1],并不是让人一看就知道是宅男粉丝'周边'的东西。这种设计的'周边',日常也能够使用,并不会过分张扬自己的喜爱。而你呢?"

2号居高临下地指着6号说道。

"明明是陪审员这么严肃的身份,自己却穿着如同在高声宣布自己是'Cutie Girls'(可爱少女)死宅[2]粉丝一样的衣服!等到评议结束,这里的人都会觉得'啊,原来死宅就是那种家伙啊'。总而言之,你这家伙真是不成体统!"

我完全不知道他们两个人到底在争论什么,不过看起来,他们已经忘了现在是在陪审员的评议会场。我只看到6号的脸色从红色变为紫色。

"你说什么!"

"算了算了,6号。"

"——可是。"

眼看6号突然就要站起,2号马上挥手阻止了他。

"被告人影响了偶像宅的风评这一点,我也赞成。"

"2号……"

两个人紧紧握了握手。

---

1 此处指经明星偶像授权后制成的商品。

2 原意指沉迷动漫的人,现为对宅男或宅女的谑称。

"这，这个，还真是让人吃了一惊啊，"左陪席的法官说道，"没想到，六个陪审员中，竟然有两人都是那个偶像组合的粉丝啊！这也太巧了吧。现在，大家已经都发表过一轮意见了，接下来，就来一个一个地讨论案件的关键点——"

我默默地向左陪席投去一个鼓励的眼神。他一边用轻松的语气调和气氛，一边又不被2号和6号所影响，将话题拉回了正轨。

"不。"

1号站了起来。

不会吧。

正当我这么想着，左陪席的表情也僵住了。

"这里的偶像宅，有三个人。"

"哎呀，这可真是的。"

"饶了我吧。"我小声地嘀咕着。

"1号您也……"左陪席瞪大了眼睛，"我还以为，偶像宅一般都是比较年轻的人呢。不好意思，您三位竟然都是……"

"看起来像是四五十岁了吧？"

听到1号的话，2号和6号也点了点头，根据资料显示，1号还是已婚状态，真是搞不懂宅男的世界。

"我们这个年纪的人，年轻的时候也会喜欢松田圣子和中森明森，还有小猫俱乐部呢……昭和时代才是偶像的黄金期吧。那个年纪喜欢过偶像的男孩子，身体里都流着偶像宅的血，这么说也不为过。"

"老师说出来的话还真是够教条的，"1号一边哼着鼻子一边说道，"其实，偶像活动的现场，有不少头发花白，明显比我年纪大上不少的大叔呢。"

"哎呀，不过这么说起来，"左陪席一边挠着头一边说道，"我小时候流行的是早安少女。那时正好是她们的全盛期呢，到了高中时代，最火的就是AKB了……"

"一旦迷上了什么，你也会有这种血液沸腾的感觉。"6号微笑着说道。左陪席露出了复杂的表情。

"那么，2号和6号……"1号用力地点着头说道，"我就说，怎么感觉好像在哪里见过你们。现在想想，你们应该是经常去'活动现场'吧。"

"啊，现场又是什么啊？"左陪席一脸迷惑地问道。

"是偶像的线下活动或者是演唱会。这算是个专用名词吧。"2号带着说教的语气说道。

"嗯，说起来，我也感觉在哪里见过1号……"6号点头说。

"确实如此。不过你们二位刚才所提到的，被告人置偶像宅的风评于不顾这一点，我并不能赞同。"

"哦，怎么说？"6号挑衅般地问道。

"像你们这样，"1号摸着下巴，"浑身上下都流露着对偶像的爱，我刚才听了你们的话，想起来了，在我的印象中，6号经常在第一排打call[1]，没错吧？"

"请问，第一排是什么，打call又是什么？"左陪席问道。

2号回答："就是演唱会的第一排。还有就是偶像宅粉丝会配合偶像的歌曲进行喊口号式的应援。请先让我继续说可以吗？"

"对，对不起。"左陪席道歉道，同时又向我投来像是在抱怨"这怎么又成了我的问题了"般的眼神。

"对了，"1号继续说道，"刚才说到哪里了来着？啊，对了对了，我想说的是，像我和被告人这样的宅男，和你们这样的粉丝，是有着根本区别的。"

"嗯，你说的也算有几分道理，"2号意味深长地说道，"粉丝对于偶像的喜爱，也有各种各样的表达方式。有我们这样，在演唱会上一起卖力应援的，也有安静地欣赏演出的人，还有在握手会和签售会上，通过和偶像聊天而体验特别价值的人。还有在握手会上对偶像进行说教，提醒偶像动作做错了，以博取偶像关注的人。"

"哎呀，原来是这样啊！"

"啊，我可不是这样的！"听到3号的反应，2号急忙补充道。

---

1 网络流行词，来源于日本演唱会现场应援文化，后演变出呼喊、加油打气的含义。

"……无论如何，"1号无奈地说，"我是不会应援打call的那一派。我也不会去挥动荧光棒，在演唱会上，我只会细细品味偶像表演，聆听她们的歌曲……跟着歌曲的节奏打call应援，又是种什么样的体验呢？"

"哼，"6号从鼻子里哼了一声，"这家伙是'地藏'啊！我只有在特别感慨的时候才会这样。"

我从他们的对话中能察觉到，所谓"地藏"，指的应该是在演唱会上不做应援动作，安静欣赏演出的那种粉丝。

"可这是一种根本性的错误。偶像在舞台上拼命地歌唱，粉丝打call，不正是回应她们的礼仪吗？所谓的演唱会现场，正是由偶像和偶像宅粉丝两者共同创造出来的吧？"

"但演唱会的主角还是偶像们，"1号高声地主张道，"总之，我和被告人一样，喜欢安静地享受演唱会，对于他引发了这样的事情，我感到十分惭愧。虽然之前没有说出口，但是他应该已经充分反省了吧。"

"你的话乍一听很有道理，"2号用争辩的语气说，"可是话如果不说出来，就没办法传达给别人。"

"没错，"6号的情绪也高涨了起来，他站起身说道，"在'现场'的表现也是同理。所以我们才会大声打call，挥动荧光棒，向偶像传达自己的喜爱之情。"

6号一说到偶像的话题，话语就会变得绕来绕去，讲述的内容也七零八碎。

"'Cutie Girls'组合的偶像和粉丝之间有几次很棒的合作佳话，其中之一，就是和御子柴咲的名曲 *over the rainbow*[1] 相关的故事。在演唱会头一天的广播中，御子柴咲提到，希望大家在她唱到'跨越那道彩虹，去与你相会'这句歌词的时候，粉丝们能一起点亮荧光棒，让除了自己的主题色红色以外的全部颜色，在会场中架起一道彩虹之桥。而听了这次广播的粉丝，也在社交媒体上传播她的心愿。到了演唱会当天，所有人都挥舞起了荧光棒。你看，在'Spring Festival'东京公演第二天现场配发的应援指南里也有……"

6号拿出手机里的照片提示道。

"就像这样，在歌词的某个部分，主办方会用手写上'所有人一起点亮荧光棒'的备注。其实在她广播播出时，这本应援指南就已经印刷好了，但制作指南的主办方还是用心地手写补充上了备注。"

"而拿到这些的粉丝，既有认真准备了七彩色荧光棒的人，也有把自己所有的荧光棒全都举起来的猛将。不管是演唱会的主持人，还是被这一幕感动的御子柴咲，都提到了这件事。这种心灵的交流，只在全力歌唱的偶像和全力应援的粉丝之间才会产生吧？"

---

[1] 中文名可译作"彩虹之上"。

"这个嘛……"

1号被问住了。

"哎呀，"3号有些迷惑地说道，"怎么回事，好像你们在说什么很有趣的事情啊！"

让我头痛不已的话题到这里暂停了，我终于恢复了意识。如果不打断他们，将话题拉回正轨的话，就没法再继续讨论案情了。

"那么——接下来——"

正当我准备带回话题时，2号突然说出了一件我未曾料想到的事。

"说起荧光棒，现场留下的装荧光棒的背带里，也有一个奇怪的部分。"

奇怪的部分？他们刚才讨论提到的事情，让我突然脑中闪过了什么。

"啊，2号也注意到了吧。"

对于2号的话，6号立刻回应道。

"2号所提到的，是指本不应该出现在里面的荧光棒吧。"

"没错，正是如此。"

"请等一下，"我提高了声调，"你们所说的奇怪的荧光棒，是什么意思？"

"嗯？"

6号眨了眨眼睛,就好像是说,我已经讲到这种程度了,你怎么还没听懂一般,一副无法理解的样子。

"这个啊……啊,最好用实物来解释会比较好理解。审判长,请问现在还可以申请查看证物吗?"

"啊,可以。你们稍等一下。"

审判长走到房间外,对外面的庭审人员说了些什么。哪怕在这种时候,他也能冷静应对,真不愧是审判长。

过了一会儿,庭审人员将荧光棒背带拿了过来。

证物被送到了6号的座位前。

"说起来,这个东西要怎么使用啊?"

"基本上来说,"6号在取得了审判长的同意之后,戴上白手套,拿起背带。因为上面沾了血迹,他露出了有些厌恶的表情,不过还是将背带贴到了前胸上。"因为是证据,所以就这样比画着大概说明一下吧……这个东西是类似斜挎包一样背在身上的。这样挎好后,自己的身体前就有十五个装荧光棒的口袋了。可以一个一个地在里面塞上荧光棒。"

现在这十五个口袋之中,正如同案发时的状态那样,装着十五个荧光棒。

荧光棒全长约二十厘米,其中手握的部分和发光的部分各长十厘米左右。将它们收纳进口袋之后,发光部分基本都会被口袋的布料遮住。将荧光棒装好之后,露在外面的,只有手握的部分,以及发光部分最末端的三厘米左右。

　　这个荧光棒背带，在案件发生时，就放在被害人身边，所以当时飞溅出的鲜血也附着在了上面。因为荧光棒当时被收在口袋里，血迹基本都沾在了口袋外侧，以及荧光棒上手握的部分。

　　"竟然有这么多颜色啊，"3号说道，"红色、橙色、黄色、粉色、蓝色、棕色……还真是五彩斑斓啊！"

　　"因为人多嘛，'Cutie Girls'是个大型组合。不过的确是每个偶像都有不同的主题颜色。"4号干巴巴地说道。

　　"原来如此，是主题色啊，"5号点了点头，"对了，刚才你们提到，御子柴咲的主题色是红色吧？"

　　"没错，就是这个。"

　　6号从背带口袋中抽出红色的荧光棒。

　　"咦，还真有趣，"3号轻轻点了点头，"这么说起来，我好像在电视上看过，这个是不是叫'WOTA艺'[1]啊？和刚才说的偶像'现场'打call什么的，是一回事儿吗？我有点搞不清楚。"

　　"根本就不是一回事！"6号用激烈的语气回答道，而2号则仿佛是为了安抚他一般继续补充道："不，刚才你说的'WOTA艺'，现在已经在偶像活动现场被禁

---

[1] 御宅艺、光棒艺、荧光棒舞蹈，通称"WOTA艺"。是演唱会等现场活动中一种引人注目的应援方式，到如今不仅仅有应援的元素，更是发展为一种舞蹈艺术。

止了。因为这种活动，一般都伴随着激烈的动作，很容易把荧光棒甩脱手而引发事故。虽然在一些地下偶像的活动现场还保留着这种活动，但是就拿现在最具有代表性的'AKB48'为例，粉丝在剧场中站起来时，不能把包括荧光棒在内的应援物举到肩膀以上的位置。"

"咦……"我不禁发出了惊叹。看起来真实的偶像活动现场，比我想象中更加秩序井然呢。

"在这种基础上，'Cutie Girls'活动现场，基本还是以发声应援和挥动演唱会荧光棒为主。"

"所谓的演唱会荧光棒，"1号继续说明道，"一般来说，并不需要准备太多。就像被告人那样，如果使用变色荧光棒，最多只要准备两根就好。他们携带最多的，是那种折一下就能发光的荧光棒。因为这种荧光棒只能持续发光一到三分钟，所以需要大量携带。'Cutie Girls'的组合成员有二十七人，每个成员都有自己的主题应援色，所以每个成员也都有自己专属的演唱会荧光棒。当要携带大量演唱会荧光棒时，就需要这种背带来装了。实际上，使用这种荧光棒背带的宅男，大概会占演唱会总人数的一到两成吧。大部分人还是只拿一根能够变色的荧光棒。

"在这起事件当中，被害人持有的是荧光棒背带，以及变色荧光棒，而被告人则只拿了变色荧光棒。"

"对了，在案发现场，"5号又点头说道，"好像确实找到了大量的折式荧光棒,都是橙色的。"

"嗯,"6号继续说明道,"因为提前预告的演唱会第二天的曲目表中,充满激情的快歌偏多,所以能够将荧光棒折'燃'的机会也比较多吧。"

他们将折亮荧光棒的行为称为"燃"的说法,让我感到有点震惊。

"那么,"左陪席催促着他们继续说道,"这有什么奇怪的地方吗?"

"在这里,有十五根演唱会荧光棒。同时,演唱会是分为两天进行的。事实上,这两天的表演者是不同的。"

"组合的二十七名成员,第一天有十四名表演,第二天则是另外十三名表演。在这个荧光棒背带里,有第二天表演的十三名成员的应援荧光棒,但同时还有两根第一天的表演者的应援棒混杂在里面。"

"哦,问题就出在这两根荧光棒上吗?"

4号忍不住打断他的话问道。

"是这根和这根。"

6号从中抽出两根荧光棒。依据他的说明,这两根是属于天满萤和桃濑铃这两位成员的应援棒,颜色分别是蓝色和黄色。

"对了,"6号向审判长的方向说道,"这里面有两根和第二天演唱会毫无关系的荧光棒,您怎么看呢?"

"这个嘛……"审判长明显露出了困惑的表情,"因为正好有两个空位,觉得看着别扭就塞满了?"

"不,"2号马上否定了,"那样的话,只要放上能变色的荧光棒就好了。在被害人的背包里,其实是有这种荧光棒的。"

"啊,那么,"1号微微地举起手,"如果是这样呢?被害人会不会认为,这两根荧光棒所对应的偶像会在第二天作为惊喜嘉宾出演,而以防万一准备的?"

"不,不可能。"

6号斩钉截铁地回答。1号有些难为情起来。

"我事先也想到了这种可能性,所以做了一点调查,"6号取出手机说着,"请看这个,这是被害人使用的社交媒体账号……"

包括我在内的三名法官,都像是被雷劈中了一般愣在当场。

"等,等一下,不能这样!请注意,"我敲打着桌子站起身来,"各位陪审员,大家只能对法庭上提出的证据进行讨论啊!"

"可是如果你们不禁止电视和报纸报道,被害人本人的姓名和资料都会被泄露的,这样想想办法就能找到被害人的账号了啊!"

6号一脸无所谓的表情。

"这个账号在案件发生的头一天,分享了'Cutie Girls'成员在演唱会当天的日程安排。并且在这里转评了一句：没有'咲萤'组的惊喜演出吗？明明刚刚发售了CD，还很期待呢。"

"'咲萤'是什么啊？"

"是御子柴咲和天满萤两个人的组合，"1号喘着气说道，"她们同期进入组合，所以关系很好，还合作了歌曲。被害人之前猜测，她们有可能会在案件发生的第二天——也就是东京公演的第二天表演这首歌。御子柴咲的确是在第二天演出，但天满萤在这一天的工作安排，则是要参加电视台的直播节目。对啊，在6号之前我都忘了这回事。"

"从你这激烈的反应来看，你也是'咲萤'粉吧，"6号指出，1号的脸马上红了，"不过不管怎么样，天满萤并不会在第二天特别出演，被害人也意识到了这一点。所以，这两根荧光棒，应该不会是为此而准备的。"

"嗯，"审判长皱着眉，挠了挠头，"的确就像你们所说的，不管怎么看，都有点违和感。不过，这是不是过于细枝末节了啊？"

"嗯，"6号挠了挠头，"可是，我总觉得里面有什么问题。"

"啊，这个是不是有点奇怪？"

5号将脸凑到背带上，歪着脑袋说道。

"我说的，并不是刚才提到的那两根有问题的荧光棒，而是这根御子柴咲的红色应援棒。只有这根应援棒，手握的部分没有沾上血迹哦。"

　　仔细一看，的确，其他荧光棒的手握部分都沾上了飞溅的血迹。只有御子柴咲的应援荧光棒手握部分非常干净。刚才他也提到了关于胶带和燃烧垃圾的问题，看来他的确是个非常注重细节的男人。

　　"啊，还真是，"4号歪着头，"可是，为什么只有这根没有沾上血呢？"

　　6号向装有御子柴咲的红色应援荧光棒的口袋内侧望去，发出了"啊"的一声。

　　"你，你们快看。"

　　"怎么了？"2号问道。

　　"这个口袋的内侧沾着血迹。"

　　"哎呀！"

　　听到3号的大叫声，我们赶紧去查看荧光棒背带。的确，口袋内侧沾着像是血迹擦过一般的痕迹。

　　"这到底是……"

　　"哎，这不是很奇怪吗？"4号焦躁地说道，"这个东西，警察应该注意到了吧？可是法庭上好像没有提到这一点吧？"

　　"这么说起来，沾有血迹的地方都是记录在案的……请稍等。"

　　审判长拿起现场调查报告，取出老花镜，用手指翻动着报告。

"有了。鉴证科发现了血迹,并且向搜查本部进行了报告。不过,警方在考虑过了荧光棒为凶器的可能性以及这与案件本身的关联性之后,认为其与案件关联性不大,所以没有作为重点调查。"

"这可真是太大意了!"6号生气地说道,"这可是顶级偶像小咲的应援荧光棒,上面居然留着这样的痕迹!这不是明明很重要吗?"

只有你这种死宅才会觉得这个有特别重要的意义吧。我的内心这样反驳着。

"嗯,"1号沉吟道,"的确,这东西是放在被害人旁边的。某种程度上,这上面沾上了血迹,倒也算说得过去。可是,按照实际情况分析,被害人的头部被殴打,血液飞溅出来,能够沾到口袋的里侧吗?"

"有点难吧?"听到1号的疑问,5号回答道。

"这种口袋内侧沾上血迹的情况……是怎么做到的呢?"

2号的发言,听起来就像是在督促学生思考的老师一般。1号回答道:

"是血沾到了荧光棒前端发光的部分,而后,有人将荧光棒收进口袋里时沾上的,这样如何?"

"可是,如果荧光棒在被口袋覆盖住的位置沾上了血迹的话,那就代表,"5号说道,"在案件发生时,有人将荧光棒从背带中取出来了?"

"荧光棒的手握部分没有沾血,也能证明这一点啊,"2号兴奋地说道,"案发时,是因为有什么人正手握着荧光棒,所以手握的部分没有沾上飞溅的血迹。"

"哎呀哎呀!"

"当时有人正手握着荧光棒?"审判长皱起了眉,"等一下,有什么需要握着荧光棒的理由吗?"

"会不会是什么人,让被害人这么干的?"4号说道。

"对了!被害人的头部不是被击打过两次吗?"6号拍手说道,"第一次被殴打之后,被害人拿过背带,从中取出了御子柴咲的应援荧光棒。那之后再遭到第二次殴打,这时血液沾到了荧光棒的发光位置。"

"为什么被袭击的时候要拿出荧光棒呢?"

听了2号的疑问,左陪席问道:"是为了反击吗?"

"不,不会,"2号摇了摇头,"只要拿起来摸一下就知道了,这个荧光棒,看起来质地坚硬,实际上很轻便。"

我和左陪席好奇地拿起荧光棒,确认着2号的发言。

"那么,会不会是为了照明呢?"3号提出了比较符合常理的回答。

"嗯,"5号一脸无法理解的神情,"也就是说,案发现场的灯是熄灭的吗?"

"事件当天,案发现场一带没有发生过停电。"审判长补充道。

"这样啊,"6号沉吟着,"那会不会是被害人或者凶手之前有意识地将灯关掉了呢?可是,为什么要这样?如果把灯关掉,凶手又怎么能在全黑的情况下袭击被害人?"

6号指出的问题很有道理。

"啊!"

5号突然大叫了起来,大家一起看向他。他露出一脸"糟了"的表情捂着嘴,猛烈地摇着头。

"你想到什么了吗?"6号施压式地问道,"说说看嘛。不管是什么样的意见都行,不用不好意思。"

"不,这个,我的头脑没那么聪明,怎么说呢,我的想象可能有点跳跃……"

"不管是什么都好啦,你先说说看。"

"……真的,真的可以说吗?"

"你要把人急死了,"4号拍打着5号的后背说道,"你就赶紧说吧。"

"那就请各位听一下我的胡言乱语吧。"

"对于那根红色的荧光棒,大家都认为它可能是武器,或者是用来照明的吧,但是说起来,这根荧光棒其实是'御子柴咲'的象征吧?如果被害人意识到了这一点,是否就意味着,他在临死前,将荧光棒拿到手里这个动作的意义是——他在留下信息,指出御子柴咲就是凶手?"

"这，这，你是认真的？"1号目瞪口呆地说道，"开玩笑也要有个限度啊！如果是像你所说的那样，那不就成死亡留言了。"

"可是，这么想，反而在很多方面更符合逻辑吧？第一次被殴打时，被害人意识到，行凶之人是御子柴咲。而后，他从背带中取出荧光棒，想要留下死亡留言。"

"而在第二次被殴打之后，御子柴咲发现被害人手里握着荧光棒。如果这么放着不管就麻烦了。因此她将荧光棒又放回了背带中。因为血液已经飞溅出去，哪怕擦过，也会因为鲁米诺反应而被发现的。比起只把自己的那根荧光棒擦干净，倒不如往已经飞溅到血液的背带中放入几根无关的荧光棒来达到混淆视听的目的比较好。嗯，这样一来，手握的部分没有沾到飞溅血液的理由，还有荧光棒背带的口袋内部沾有血液的理由，就都能解释清楚了吧。"

听完他的说明，我们全都愣住了。

"不，可是，这样的话……"讨论到这里，一直在雄辩的6号也失去了刚才的气势，他用颤抖的声音说道，"这样的话……不就意味着，是御子柴咲杀害了被害人吗？"

6号所说的话，终于让我理解了这个事实。

不，问题还不仅如此。如果这个死亡留言是真实的，那么真正的凶手就是御子柴咲,而现在的被告人则是被冤枉的——

"对啊!"

此时发出抗议声的,竟然是3号。

"等一下!我可不想被你这样的年轻人用这种方式呼来喝去的,不管怎么说,我都不同意。小咲杀人这种事,你怎么能血口喷人呢?"

"小,小咲?"

审判长瞪大了眼睛问道。

"难道说,你也是……"

左陪席心惊胆战地问道。3号连忙掩饰般地补充道:

"不是你们想的那样啦,我可不知道你们说的现场什么的。还有演唱会荧光棒,我今天也是第一次看见。可是,我经常会在电视上和广告里看到她嘛……御子柴咲确实很可爱,又天真烂漫,每时每刻都保持着开朗的笑容,而且不管唱歌还是跳舞都很出色。"

听到女性对御子柴咲直率的评价,1号、2号、6号都深深点了点头。

"虽说我有个儿子,可有时也会产生想要个女儿的想法嘛。这么说可能有点奇怪,但是看到小咲的时候,心情就像看到自己女儿一样,所以我也一直在偷偷地为她应援。"

"哎呀,太太您可真是粉丝中的榜样啊!"

1号高声说道。对于喜欢静静品味歌曲的他来说，也许是对3号的话产生了共鸣吧。

"其实我也经常关注'Cutie Girls'的活动，不过都是电视和杂志上的，"5号挠着头说道，"我去过其他偶像的现场活动，但是'Cutie Girls'的现场活动票实在是太难抢了。1号和6号才是真正厉害的偶像宅，我实在没有他们那样的干劲抢票，都不好意思说自己是粉丝呢。"

"别这么说啊，"6号将手搭到5号的肩上说道，"对偶像的喜爱也分不同的类型。有人不去现场活动，只看电视表演，购买DVD，享受其中的乐趣，这种'蹲家宅'也在用自己的方式应援偶像。再说每个人宅的程度也各不相同嘛。"

"而且，你也想看演唱会吧？我这里还有一张下个月她们在仙台公演的多余的票，如果陪审员们能一起去看LIVE[1]……"

"仙台！我想吃牛舌！"

5号一脸要流下口水的样子。

"嗯，品尝当地的美食，也是去外地看演唱会的一个环节。如果能提前到达，还能在当地观光旅游，甚至还能豪醉一场。"

怎么话题又偏离了轨道。我不由得向审判长投去了

---

1 此处指演唱会现场演出。

目光。审判长一副了然于胸的样子点了点头，"那么，关于御子柴咲有杀人嫌疑这件事——"他刚刚张嘴这样说着。

"别胡说了！"

然而，4号却突然敲打着桌子叫了起来，其他人则保持着安静。

"你们怎么老是讨论些和案子没有关系的事。啊！讨厌，我就是因为这样才讨厌宅男的。如果那家伙是凶手的话那就赶紧定罪啊！痛痛快快的不好吗……"

"等一下，你在说什么？"

6号反驳道。

"是啊，"3号也带着怒气说道，"你怎么能说小咲是凶手呢？"

"不，不是这个问题，太太。她刚才管御子柴咲叫'那家伙'了吧？"

4号撇着嘴，眨了眨眼睛。脸上仿佛写着"糟了"二字。

"这其实是很亲切的叫法吧？虽然也有宅男会用这种过于亲密的叫法称呼偶像，但是……"

"不是的！"4号坚定地否定道，"我根本就……那个……怎么说呢……我不是死宅啦……"

"啊？"6号歪着头，"那你到底是怎么回事？"

"啊，啊，啊！"

这次发出声音的是5号。他用看怪物一样的神情，指着4号哑着嘴。

"啊!"

"怎么了,5号?"审判长问道,"难道你又发现了什么?"

"那个,"5号没有回答审判长,而是凑到4号身边,"恕我冒昧,请问,你是不是以前'樱色少女'那个偶像组合的队长——"

"啊!啊!啊!"4号马上捂住5号的嘴,"请不要再说了!"

"哎呀,竟然是真的。"

"请不要再说了!"

"请,请问,这是怎么一回事儿啊?"左陪席眨了眨瞪大了的眼睛,"也就是说,您以前也是偶像?"

"啊,不,这个……"

4号挠着脸颊,放开了5号,一脸"糟了"的表情坐到椅子上。

"虽说是偶像,但并不是像'Cutie Girls'那种人气偶像,而是地下偶像。一般是在很小的Live House[1]里进行表演的。而且,组合已经在前年解散了。"

"我啊,"5号整个人跪在地上说道,"可是你们的超级粉丝啊!自从你们解散之后,我就感觉像是被掏

---

[1] 起源于日本,指具备专业演出场地和高质量音响效果的室内场馆。

空了一样……而后，我就成了'Cutie Girls'的'蹲家宅'粉丝。"

"你这话说的，"4号的脸上露出了阴郁的表情，"说得好像是我的错一样。"

"并不是那样的，我追'樱色少女'时，买的'周边'和DVD，直到现在都仍然是我的宝物。那时的拍立得合影，我现在还留着呢。"

眼前的5号从口袋中取出票夹，像是要出示什么东西一般，4号大喊着："啊！不要不要，快住手！"

"嗯，可是等一下，陪审员需要年满二十岁。这么说起来，你们组合前年解散的时候，你的资料上写的是十七岁吧……"

"不要再问这种事了！随便推测女性的年纪，这也太过分了吧。"

"哎呀，这可是你在当偶像时都没有露出过的偶像的笑容啊！"

听着4号、5号的插科打诨，左陪席犹豫地举起手来："什么叫拍立得啊……"听他这么说，2号马上回答道："就是用相机在现场拍完，当场就能洗出来的照片啦，在偶像的活动现场经常使用的。"

"这个啊，"审判长看着我的方向说道，"有点像我们年轻时用过的那种拍完了从胶卷里直接洗出来照片的类型吧。"

"原来如此。"我点了点头。

"拍立得可以在现场洗出照片来,"2号说道,"所以可以马上让偶像在上面签名,这可是非常宝贵的回忆啊!我们会把喜欢的拍立得照片,或者是偶像卡,像这样收好。"

2号将之前出示过的手机壳打开,我们这才发现手机壳里还附着一个内袋,他从中取出了一张照片。

"我们会随身携带着的。"

"咦,我看看,"6号径直向2号的手边探出脑袋,"啊,这不是桃濑铃嘛。你是铃粉啊,原来如此。"

"那,那又怎么样。这是她生日庆典时拍的。拍得不错吧?"

"生日庆典……听起来怎么像是给耶稣庆祝诞辰呢。你是指生日会吗?"

2号亲切地对我解释道。

"偶像们的纪念日就是这么重要嘛。或者换句话说,偶像和家人是同等重要的。"

原来是这样啊。已经结婚的1号露出了一脸苦笑,看起来他没少为了这个和老婆吵架。

"说起来,我也经常在'樱色少女'的现场看到1号啊,"4号说道,"你就是那个对着别人说教的宅男吧?"

1号用一脸畏缩的表情回应:"你,你说什么呢。"

"我还记得你在握手会上,跟偶像说什么动作做错了,还有舞跳错了一类的——"

"你,你别在现在这种场合说这些好不好?"

"可这不都是事实吗?"

"确实,之前就感觉好像在哪里见过你,"2号点头说道,"你在'Cutie Girls'的握手会上,也做过同样的事吧?我在发生案件后的东京公演第二天时看到了——"

听到别人这样指出自己的行为,1号不好意思地低下头,发出了呻吟声。

"……啊,对了。的确,我在东京公演的第二天,也说过类似的话。我跟御子柴咲说,今天往左边迈出的舞步跳得太随便了!"

"虽然我嘴里说着不喜欢打 call,但实际上,我内心是羡慕的,能和偶像一起创造出演唱会现场的你们……如果不去说教,我也不知道要和偶像说些什么,我为这样的自己而感到很难为情。其实我啊,哪怕只要一次也好,我想要领头打一次 call……!"

1号这样说着,趴在桌子上哭了起来。

2号轻拍着1号的背部,安抚了他好一会儿。

"一开始就这样把内心的想法说出来不就好了嘛。"

听到6号这样说,1号突然抬起头来说:

"等陪审结束之后,我们一起去卡拉 OK,练习打 call 吧。"

"6号……"1号露出了深受感动的表情,"哎呀,今天可真是个幸运的日子。能够像这样和大家一起讨论偶像的事,真是太好了啊。"他这样感叹道。

"可,可是,这样真的没问题吗?"左陪席有些惊讶地说道,"从国民中随机抽取的六名陪审员,竟然全部都是偶像宅,或者是跟偶像组合有关系的人,这也太巧了吧……"

"陪审员的抽取,是先制作陪审员候补者的名册,而后再从中选出百人来到法庭。最后在法庭,再由审判长——也就是现在的我——通过面谈,从没有相关利益的对象中抽签选出最后的陪审员。从整个过程来推算,普通国民成为陪审员候补者的概率为0.3%。而后还要再经过选拔,概率就更低了。"

"那么反过来考虑呢,"5号点了点头,"昨天被叫到法庭的有上百人。其中,除了我以外,也有不少'Cutie Girls'的粉丝。不,全国本来就有大量她们的粉丝。'Cutie Girls'就是这样人气超高的组合嘛。"

"而且啊,"2号说,"在这里集合的人中,有重度的宅男粉1号和6号,和我。还有像3号和5号那样轻度的'蹲家宅'粉丝。以及像4号那样并不是宅男,而只是偶像行业的从业者。大家也是各有不同啦。"

"而且在面谈时,也无须报上自己是'Cutie Girls'的粉丝身份吧?"1号问道。

"这个嘛,话是这么说啦……"

严格来说，在偶像粉丝间发生的伤害事件，如果由同为宅男粉丝的陪审员来审理，是有可能发生偏向的情况的，因此要求回避也说得通。但是反过来想，如果是对宅男粉丝持有过度偏见的人，成为陪审员，也会产生问题。而且，"你对宅男粉丝有偏见吗"这种问法本身就已经是一种偏见了。

"算了，"在确认了一番之后，4号叹着气说道，"这种事先放到一边。我刚才想说的是，我和御子柴咲是从小学生时起就一起追偶像了。"

"咦，"5号几乎跳了起来，"这种事情我可是第一次听说。"

"这种事没什么好讲的啦。而且，就算说了，也不会帮我们增加人气。我们还在地下活动时，对方却已经平步青云，这种对比之下让人怎么说得出口啦。我们小学时一起追过AKB，那时，我们还都是天真地憧憬着偶像的少女呢。"

听到这里，5号的眼睛开始湿润，4号试图打破这一气氛，特意咳嗽了一声。

"那么，直接说结论吧。我和咲在成为偶像之后，也一直保持着朋友关系，不过咲刚出道的时候，一直在苦恼着被粉丝跟踪的事。她和我商量过，也曾经一度将对方击退，但是现在想起来，这次事件的被害人和那个跟踪狂倒是挺像的啊。"

"咦?"

审判长瞪大了眼睛。

"如果真是那个人的话,问题可就大了啊。"

"为什么这么重要的事情,现在才说出来啊?"

"因为之前不是讨论了一堆七七八八的事嘛!"4号拍着桌子对我说道,"而且,在那个死亡留言明确之前,我可没想到这件事会和咲有关系哦。我后面才注意到也是没办法的事。"

"不……这个……确实……"

陪审员们在讨论案件的过程中,才渐渐明确自己与相关人员的关系,这种事情可算不上常见。审判长对于如何处理目前的状况也是犹豫不决。

"咲说,那个跟踪狂抓住了她的什么把柄。搞不好是用了那个来威胁她。虽然听起来有点恶心,不过就是那种八卦杂志会登出来的偶像以前的私人照片之类的东西吧。也许跟踪狂利用手里的东西在案发当天把咲叫了出来。如果是这样,那么作案动机……"

"这个推理也太跳跃了吧!"

"可是我觉得,刚才讨论的事和案件有关哦,"4号严肃地说道,"如果刚才的推理正确,那家伙就要被迫上证人席了吧……这么一想,还真是超级有趣的场面呢。"

这句话如同在房间内丢下了一颗炸弹,陪审员们开始热议起来。

"对啊,万一御子柴咲成了嫌疑人的话!"

"御子柴咲就必须得来法庭了!"2号打了个响指。

"哎呀,小咲要来出庭了?"3号也站了起来。

"没错,那家伙……"4号一脸恶人的表情。

"不只是握手会或者是拍合影的一瞬间……也不是像演唱会那么远的距离……虽然那种距离感,也正是御子柴咲的魅力所在吧。"5号沉吟道。

"从之前的庭审时间来看,差不多是一整天。正好是一天演唱会的时间啊……"6号的眼睛闪闪发光。

而审判长却仍然迟迟未做出决定。

"审判长!"

"让御子柴咲!"

"来参加庭审吧!"

"乌里亚奥!"

"乌里亚奥!"

他们发出了谜一样的声音,听起来像是他们去参加演唱会时发出的打 call 声。

"等——"

我还没喊出这句"等一下",房间里就被狂热的气氛支配了。

"5号!"6号打着响指说道,"就以你刚才所说的死亡留言的推理为基础!如果御子柴咲是凶手的话,那么这时被告人的角色又是什么？"

"好的，6号。这一点毋庸置疑。被告是在庇护御子柴咲！"

"可真是宅男粉丝里的榜样啊！"2号夸张地说道。

"啊，不会吧！你可别学我说话！"6号一脸感触地说道。

"对了，"1号揉了揉眉间，"可是，到底被告人是什么时候知道这件事，并且决定要庇护御子柴咲的呢？"

"有可能是案件就发生在他眼前吗？"3号歪着头问。

"如果是那样，"6号回答，"为什么被告人不阻止御子柴咲呢？说起来，被告人知道御子柴咲和被害人的关系吗？嗯，想不明白。"

"啊，"5号突然拍了一下手，"被告人应该是不在作案现场吧？"

"没错！"4号点了点头，"5号，虽然你去参加偶像活动时很不起眼，今天倒是聪明得很！"

"被你这么说可是我的荣幸！"

接受了5号的推理，1号接着说道：

"在案发当时，被告人应该一度离开了房间。而等他回来之后，则发现御子柴咲，以及被害人的尸体。到这里为止，还都说得通吧。那么如果当时被告不在案发现场，他是去哪里了呢？"

4号将之前咬着的指甲从嘴里拿出说道。

"被害人为了和御子柴咲两个人单独相处,而支开了被告人吧。要用什么借口……可恶,作为宅男粉丝,在演唱会第一天和第二天公演的中间这天晚上,出去是干吗呢?"

"会不会是参加聚餐?"2号说道。

"明明是被告人和被害人两个一起旅行,结果一个人出去聚餐?"4号马上否定了。

"不知道啊,"6号坚持道,"也有些聚会,是为某个偶像的粉丝单独办……不,不对。被害人是咲萤粉,被告人是御子柴咲的粉丝。他们没有单独行动的理由。"

"而且一起去参加聚会,应该更开心吧?"1号说道,"那有没有可能是荧光棒的电池用光了,出去买电池了……"

"出去买东西吗……"

4号沉吟道。而2号则回答:

"现场有大量的UO折式荧光棒啊!"

此时,所有人一起指向2号:"就是这个!"

2号又继续说道:

"公演第二天的曲目中,有需要大量使用UO折式荧光棒的歌曲。对于被害人来说,这是将被告人打发走,不让他碍事的最好借口。他让被告人出去买荧光棒,而后被告人就离开了酒店。等他回来时,发现房间里是被害人的尸体和御子柴咲。不难想象，被告人当时有多么震惊。本应该站在舞台上，如同云端上的存在般的偶像，竟然出现在了自己的面前，而且手上还沾着血。"

听着2号的发言，5号不停地点着头。

"被告人听咲讲述了事情的经过之后，决定替她顶罪。而后咲离开了现场。"

"还有一点也能确认，"6号微微笑了起来，"就是在烟灰缸里燃烧过的纸片。如果按照这个推理，被告人，应该必须燃烧处理掉的某一件纸质物品。"

"购物小票！"4号打了个响指。

"因为购物小票上，打印着被告人购买UO折式荧光棒的时间！"2号说道。

"原来如此，"1号有些恍惚地说道，"这就是被告人的不在场证明，如果这个东西存在，一定会被人怀疑凶手另有他人……"

"哎呀！可是一旦燃烧掉了，被告人的不在场证明，就无法证实了啊……"

"不，还有一个办法。"5号肯定地说道，"3号，你之前说过，被告人和你的儿子长得很像吧？"

"咦？是，是啊。我带着儿子的照片，你要看看吗？"

3号打开笔记本，从中取出全家福照片。其他五名陪审员一起过去看，而我和左陪席也跟在后面。只有审判长泰然自若地坐在座位上。

"完，完全不像啊！"

我不由得说道。除了修长的体形相似以外，相貌没有一点相似之处。

"请等一下，"5号打断道，"3号，你说案发当天，在秋叶原看到过儿子，能不能说明一下当时的情况？"

"这……这个嘛。确实。我从后面看到了他的背影，可是我喊他，他却消失在了人群里……"

"你看到了他的背影啊，"5号点了点头，"请你回忆一下，今天被告人退庭时的情景。你那时，看到了被告人的背影。同时，你想起了自己在秋叶原看到儿子的背影，所以觉得他们很像？"

我不由得大张开了嘴。这明显是诱导式提问嘛。

3号想了一会儿，像是对他的话起了反应一般，开始涌出了自信，她激动地不停点着头："对，对对！就是这样！"

"没错。我完全想起来了。在案发的当天，我绝对在秋叶原见过被告人！就在案发当天晚上，就是，被害人的死亡推定时间！"

"不在场证明成立了！"6号说。

"乌里亚奥！"

"乌里亚奥！"

评议室中开始喧闹起来，就像是过节一样。

"怎么就成立了啊？"左陪席敲打着白板说道，"什么叫不在场证明成立了啊？司法可不是这么认定的！"

"对，没错。"我赶紧帮腔道，"5号的问题是明显的诱导式提问。3号刚才所说的证言，是不能够作为证据而被采信的。"

"你们还真是固执。"

2号吃惊地说道，脸上露出了无法理解的表情。但这根本就不是我们的问题。

"好吧。我们先继续推理。既然被告人不在现场，我们就来考虑御子柴咲在现场的情况吧。"

"可是，到底是怎么回事呢？"1号发出了疑问。

"……重点是那块胶布。"

5号突然意识到了什么的样子沉吟道。

"还记得现场垃圾箱里发现的那块消炎胶布的包装吗？被告人和被害人都没有贴胶布，所以只能认为，这块胶布是在现场的第三个人贴的。如果，贴胶布的人是御子柴咲的话……"

"话虽如此，"4号惊讶地说道，"可是，要怎么证明呢……"

"啊！！"

2号大叫了起来。

"等，等一下，你突然叫什么啊？"

"是不是……"2号用颤抖的声音说道，"一般肌肉酸痛，或者是受伤了才会贴胶布啊？"

"会有人在杀人现场肌肉酸痛吗？有没有可能是受伤了呢？应该是扭伤一类的吧……啊？"

听了2号的推理，5号也大叫着发表了看法，我感觉他们的脑袋好像越来越不正常了。对了，4号也一样。

"什么啊，你们两个怎么回事？"

"1号，你曾经在东京公演的第二天，对御子柴咲进行了说教，对吧？"

"哎呀，那件事我已经在反省了，你们就别再提了啦！"

"不是的，"5号说道，"你那时，说她往左边的舞步跳得不好吧？"

"嗯，确实是这么说的——"

1号突然僵住了身体。"不会吧！"他发出了惨叫。

"没错！"6号说道，"御子柴咲在案发现场，也许是不小心撞到了什么东西，导致左脚扭伤。而看到这一幕的被告人，拿出消炎胶布给她的左脚贴上了。他没有想到那块胶布的包装会成为极有力的证据，因此就随意丢进了垃圾箱。"

"明明已经烧掉了购物小票啊！"4号说道。

"从证据的角度来看，购物小票和胶布的重要程度还是不同的，被告人没注意到也是情有可原。总之，被告人和被害人都没有贴胶布，那就只能认为，胶布是第三者贴的了。"

"御子柴咲真的到过杀人现场!"

"乌里亚奥!"

"乌里亚奥!"

"无罪!"

"被告人无罪!"

评议室中,突然被暴风雨般的打 call 声支配了。

在以陪审员和律师为主角的虚构作品中,通常会出现一群无名市民聚集起来,发挥各自的智慧,最后伸张正义的故事……这可以说是相当理想主义的表现形式了。然而,真实的现实生活中,聚集起来的陪审员们,却偏偏是这样一群奇怪的偶像宅粉丝。

在三名职业法官中,最先失去理性的是左陪席。

"别闹了!别闹了!别闹了!"左陪席大叫着抗议道,"这种推理也能得到认可吗?审判长,您怎么说?"

在他天生开朗的性格里,也有比他人更加强烈的正义感。然而在这样胡闹的气氛之下,恐怕他很难保持一颗平常心了。

"呃,好吧,"也许是左陪席的表现让审判长有些惭愧,审判长畏缩地说,"这个嘛,确实……"

"是吧!这就是这样吧!第一,案发现场的房间,是有两张床的标间!被告人和被害人也都挺爱干净,除了床上以外的地方,并没有堆积杂物!扭伤?到底是要怎么扭伤啊?这种状况根本就不成立——"

"如果是在全黑的情况下呢？"

3号得意地说道。而后，其他陪审员们跟着交替发出"没错啊"的声音。瞬间，左陪席开始颤抖着肩膀笑了起来。

"说话要有根据啊。你说现场是全黑的！然后御子柴咲扭伤了脚！如果是这样，就请你回答我的问题。为什么，被害人在头部被殴打之后，他还能看到凶手的脸，而且还能从全黑的环境中，取出代表御子柴咲的应援荧光棒？"

啊，我拍了一下大腿。

"这个嘛……"

2号欲言又止。

"是的。现在，你之前所说的死亡留言的推理又被推翻了。怎么样，没招了吧？先不说在全黑的环境下，被害人是怎么一下子找出御子柴咲的荧光棒这个问题。单说事件当晚没有发生停电吧，凶手也没有让被害人关灯的理由。再更进一步，凶手也没有理由非要在黑暗中击打被害人的头部。怎么样，你的推理就像是空中楼阁一样，明白了吗？"

听了左陪席的质疑，陪审员们也纷纷陷入了沉默。我放心地抚了抚胸口，开始摸索着将这种荒唐的讨论重新带回正轨的方法。

"可恶……明明都已经推理到这种程度了。"

"1号,我之前也说了,"2号拍打着1号的肩膀说,"一定能找到突破口的。"

"你们怎么还在想这些啊——"

"那么,我能不能问一个问题,"6号露出了自信的微笑,"审判长,根据之前的庭审结论,被告人是在与被害人一起观看'Cutie Girls'的演唱会DVD时发生了争论,并且引发了案件吧。那么,当时演唱会DVD的暂停位置是在哪里呢?"

"咦?"

审判长瞪大了眼睛。左陪席也被这意想之外的问题搞得困惑了。

我急忙拿过刚才审判长读过的现场调查报告书,寻找相关的记述。

"找到了,警方到达现场时,酒店里的DVD播放器暂停的位置,是在第二张光盘的一小时三十三分钟。"

竟然连这么细微的东西都记录下来了啊。我这么想着。被告人也说,他在杀人之后,就将DVD按下了暂停键,而调查现场的刑警也将此记录了下来。

"原来如此。是第二张光盘的一小时三十三分啊。那应该是,御子柴咲的名曲 *over the rainbow* 的部分吧。"6号微笑着说道,"果然如此。那么,你刚才所提出的疑问,已经全部解开了。"

"……咦?"左陪席有些迷茫地说道,"请好好说明一下，现场播放的歌曲，和案子到底有什么关系，为什么凭这个就能够解开我的问题……"

"如果，"6号竖起食指，"在黑暗之中，被害人已经将荧光棒背带里的所有荧光棒都按亮了，那么他就能一眼找到御子柴咲的对应色，将红色的那根抽出来。这一点没问题吧？"

"……的确，这样是说得通。"

"在看演唱会的DVD时，被害人正在练习用荧光棒应援，而自己关掉了电灯。同时，他将荧光棒背带里的荧光棒全都按亮了。被害人当时正将这些荧光棒连同背带一起举过头顶。这也是凶手能够准确地找到被害人的头部并且击打的原因。"

"所以说，到底是怎么一回事嘛？"

"是东京公演的第一天！当天晚上，御子柴咲在广播里，提到了第二天演出的准备。她当时说，在唱到 *over the rainbow* 这首歌时，有一句歌词是'跨越那道彩虹，去与你相会'，希望歌迷们在唱到这里时——"

1号和2号同时大叫了起来。

"将所有的荧光棒一起点亮！"

我想抱住脑袋。没错，他们刚才好像确实提到了类似的话。如果能将手里所有颜色的荧光棒一起点亮的话，远远眺望过去一定非常漂亮。御子柴咲提出了这样的愿望。而为了回应偶像的愿望，这些宅男粉丝——

"就是这样！被害人在当天晚上，一边看着过去的演唱会DVD，一边练习在这里需要点亮全色荧光棒的地方！虽说是胁迫者，但被害人本身也是这个组合的粉丝。参加演唱会上的特殊演出，就如同过节一般的体验，所以他也会为此而进行练习。

"当然，过去的演唱会DVD影像中，歌迷们还没有在 over the rainbow 这首歌演唱时，进行过点亮全色荧光棒的应援。虽然是同一首歌，但是点亮荧光棒的时机仍然需要练习。要在唱出这句歌词的瞬间，将背带里的所有荧光棒一起打开，并且举过头顶，可以说也需要相当的练习成本。所以，被害人当时应该是正在练习这首歌的应援。也正因为此，那时荧光棒才会全部亮着。"

听了6号的发言，1号赞同道：

"将那两根不参加第二天公演的偶像的应援荧光棒塞进去也是这个原因。那是为了追加蓝色和黄色，做出彩虹的颜色……第二天的四位成员，再加上御子柴咲的红色，以及那两个颜色，这样就完成了彩虹的七彩。剩下的八根也能一起闪光的话，一定会更加好看。"

"这么说起来，"2号接着说道，"被害人应该能够通过荧光棒和电视画面所发出的光，看到凶手的脸吧。而后，他抽出了代表御子柴咲的荧光棒……"

"荧光棒的电源在发现时是呈关闭的状态，"3号说道，"这一定是被告人弄的，为了隐藏死者死亡时的状态……"

"在那之后。"

4号悲伤地说道。

"我明白了那时演唱会DVD会被按下暂停键的原因。被告人说,他是在杀人之后,冷静地对DVD按下了暂停键,但是这样说也太不自然了……事实上,是御子柴咲在自己的杀人现场,听到自己演唱的歌曲,实在无法忍受才停止了歌曲的播放。所以DVD就暂停在那首歌的位置上。结果没想到,居然因此留下了线索,真是令人意想不到啊。"

左陪席一副身体脱力的样子,整个人瘫倒在椅子上。

"……哎呀!"

审判长这才慢慢探出身体。

"那么……有句话我必须提前说明才行,不好意思,可能会给你们泼冷水……"

"咦,"1号问道,"这是什么意思?"

"如果在这里做出无罪判决,那么这将会作为地方法院的决定,被害人会被判为无罪,而各位的工作也就到此结束了。"

陪审员全体发出了"咦"的声音。

我这才放下心来。正如审判长所言,在这一连串脱离常轨的事态下,我甚至都没有意识到这件事。

"怎么会这样……"1号说。

"那么，御子柴咲站在法庭上，就和我们没关系了，是吗？"2号咬着牙说道。

"没错。"

"哎呀，真是的。不过，如果被告人被判无罪，那就不能再保护小咲了。这样一来，就会提起以小咲为嫌疑人的新一轮庭审吧？那我们这些陪审员，也会作为关联审理者，优先旁听吧？"

"对啊对啊，"4号继续说道，"那可是和我们相关的庭审，我们很关心。"

"不，我们并没有设立和关联审理相关的制度。"

"怎么会这样？"5号叫道。

"所以你们是把人当傻子吗？！"6号说着突然站了起来。

"如果御子柴咲确实犯了罪，那么关于她的罪行审理，也应该再单独进行。到时候会再选出六名其他陪审员。"

审判长很明智。如果不现在说明，搞不好他们会产生什么误解，之后又会跑来法院这边抱怨。还是趁现在把话说清楚，并且提前让他们把那些愚蠢的妄想丢掉比较好。

原本被热烈气氛所包围的评议室中，终于降下了温度，陪审员们也冷静了下来。我们三名法官，互相看了看，也终于发出了叹息。

"……对了，各位。"

1号安静地探出身子。

"我们在偶然的情况下,因为对偶像的喜爱而被联系了起来。可是,下一次庭审的六个陪审员呢?他们会选择那些了解御子柴咲,并且通情达理的人吗?"

"不,其实陪审员只能根据法庭上提供的信息进行讨论——"

对于我的反驳,2号打断了我:

"怎么能这样!"

"是啊,这是让我们放手这个案子吗?"3号气势汹汹地说道。

5号胆怯地表示:

"这样的话,要不就定有罪吧?"

"嗯?"4号发出了疑问。

"其实,在法庭上所呈现出的证据对被告人已经非常不利了吧?他本人也已经进行了供述。而且我们最开始也是认定其有罪,只是在讨论量刑的方向而已。"

"确实如此……"

"那么,如果认定有罪,还有一层意义。按照我们之前所讨论过的,荧光棒、死亡留言、小票的燃烧残留物、不在场证明、消炎胶布、*over the rainbow*……这一切的推理都是真实的话,就可以像被告人所希望的那样,将他定为有罪,而御子柴咲免于被问罪。"

"也就是说,这正是被告人所希望的结果?"

6号打了个响指。

"被害人是个跟踪狂,还对御子柴咲进行了胁迫。这样看起来,被害人其实是个死有余辜的家伙。"

虽然6号的发言有些过激,陪审员们却并未提出异议。

"评议的过程是不会被公开的,"4号像是确认般地点着头说,"我们已经找出真相这一点,应该也并不为人所知……"

"没错,我们要在自己推理的基础上,将这些推理全部放弃。"

"等,等一下,"我赶紧说道,"所谓的法庭裁判,并不是根据当事人的愿望进行判决啊。审判结果要与真相一致才行……"

"有罪!"

"没错,应该是有罪!"

"乌里亚奥!"

"乌里亚奥!"

六名陪审员又开始兴奋了起来。

"哎呀。可是这样真的好吗?"3号回过神来一般,一脸疑惑地说道,"大家刚才那么努力地推理……"

"3号啊,您之前也说过,心里是把御子柴咲当成了自己的亲女儿一样看待吧,"2号微笑着说,"我们其实都是一样的。在演唱会上,她们说过,从组合开始建立到现在，这些守护了她们两三年的粉丝，'已经一起走过了这么长时间，感觉大家已经像一家人了'。可是在这两三年间，我们除了应援、送礼物以外，没有给予她们任何东西，但她们却将这样的我们称为家人。"

听了2号这阴郁的发言，1号和6号也重重地点着头，5号也说："我也是这么想的。我们的'现场'也是如此。"他这样说着，向4号看着。

"……确实是这样。"4号眼神飘远，说道。

"4号啊，就确定有罪吧？不过这样一来，就没法再追究御子柴咲的罪行了。而且她到底被胁迫做了什么，也都永远无法知晓了……"

"……没问题，"4号笑了起来，"我这个人虽然势利，做事情又是三分钟热度，但我确实喜欢那家伙的笑容，还有她的歌声和舞蹈。我啊，其实也是那个家伙的忠实粉丝。"

听了她的话，其他陪审员似乎也受到了感动。他们也都有各自应援御子柴咲的理由。

4号对其他陪审员露出了有些不好意思的笑容："我啊，还想再多看看御子柴咲的舞台表演，所以我投有罪。我认为那个被告人男性，有罪。"她这样说着。

而她的这份狂热，再次打动了左陪席。

"这样——"

而左陪席则用一副像是中了什么邪一般的表情说着。

"哼,哼哼哼,这样啊。不管你们这些门外汉怎么想都没用。最后的最后,还是要有人来阻止这一切。"

左陪席露出了电影中的究极反派一般的表情,高举着双手开始大笑了起来。

"哼,哼哼哼,好了。就像最开始说明过的那样,虽然判决是由多数投票来决定,但是在这个多数派中,必须包含一名职业法官的投票。"

在刚才的骚动中,我的大脑也变得迟钝起来。直到他说出口之前,我都完全忘了这条规则的存在。而此时,审判长则突然说道。

"那么……就开始投票吧。"

审判长郑重地说道。

"有罪。""有罪。""嗯,有罪。""是有罪。""我认为有罪。""毫无疑问,有罪。"六名陪审员依次说道。

"啊,哈哈,知道了。我投无罪,无罪!你们明明已经推理出了真相,却仍然对此视而不见,我不能对你们这种不正义的行为视而不见!"

"……无罪。"我说道。

而审判长则发出了威严的声音。

"有罪。"

"……您刚才说什么?"

左陪席的身体明显僵硬了起来。我突然开始觉得嘴里发干，我从椅子上站立起来，"审判长！"我叫道。

审判长长长地叹了口气，将身体深深沉入椅子中。他抬头看着天花板，像是放弃了什么一般闭着眼睛，重复说着"有罪"。

六名陪审员发出了胜利的欢呼。

而后，2号和6号一起向1号提议，要不要一起去KTV练习打call。悠闲的大学生5号也想一起参加，而4号则因为被其他人提出想听她唱歌而露出了嫌麻烦的表情。3号也在他们之中露出了一脸如同刚收拾完餐具般的幸福满足的表情。虽然还有量刑问题有待商榷，但此时已经完全是节日的气氛了。

看到这一幕毫无现实感的场景，我的脑袋开始发热。

"这……这……审判长，这到底是怎么回事……"

"对不起，"审判长捂住眼睛，"真是对不起。"

我此时回忆起了之前的事。他们提到过在偶像的活动现场，看到过比1号和2号年纪更大的头发花白的男性。他们也曾经好几次，将偶像形容为像家人一般重要，以及如同看待女儿一般的说法。审判长的妻子去世之后，他膝下无子，一个人生活。

这时，正无力坐在椅子上的审判长的衣服口袋中，掉落出了他的笔记本。笔记本的最后一页被打开了。里面夹着的，正是一张御子柴咲和审判长微笑着的合影。

参考文献

《十二怒汉》（西德尼·吕美特导演，美国电影）

雷金纳德·罗斯，《十二怒汉》（额田八重子译，戏剧），剧书房。

筒井康隆，《十二个快乐的人》（《筒井康隆全集19》收录，小说），新潮社。

筒井康隆，《十二个快乐的人》（《筒井康降剧场12个快乐的男人》收录，戏剧），新潮文库。

《十二个温柔的日本人》（中原俊导演，日本电影）

《如月疑云》（佐藤祐市导演，日本电影）

陪审员制度研究会编，《简单易懂的陪审员Q&A》，法学书院。

三岛聪编，《陪审员的评议设计 活用市民的智慧成为法官》，日本评论社。

滨田帮夫、小池振一郎、牧野茂编著，《陪审员裁判的现在——市民参加的陪审员制度7年经过的验证——》，成文堂。

小岛和宏，《中年偶像宅有什么问题！》，WANIBooks。

被窃听的杀人

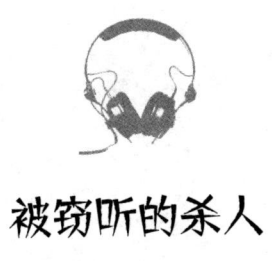

"华生,如果以后你觉得我对自己的能力过于自信,或在办一件案子时下的功夫不够,请你在我耳旁轻轻说一声'诺伯里',那我一定会感激不尽的。"

柯南 · 道尔《黄面人》(驹月雅子译)

6 现在

"凶手就是你。"

我,山口美美香非常得意。

要说为什么,那是因为,今天的"解答篇"交给了我来完成。

嫌犯的呼吸变得急促。就连他的喘息声都在颤抖。

"你说我是凶手?胡说什么呢……?"

然而,他的话却仿佛只是在掩饰自己脸上那慌张的神情而已。

"山口,把话说明白吧。"

大野所长在背后推了我一下。我的心情变得更加舒爽，随后，我开始讲述推理。

我和侦探事务所的所长大野乿两个人，为了调查一起出轨案，来到了一处山间的旅馆，并且在那里被卷入了杀人事件。

接下来就到了现在，我们开始指出凶手。

我淡淡地继续说明着。

凶手是从哪里侵入旅馆，又是通过怎样的路径进入被害人的房间，在哪里出了纰漏，为了隐藏纰漏而采取了怎样的行动，在那时想到了什么……

最开始，嫌犯对我的态度极为轻蔑，然而随着说明的推进，他的脸色变得铁青，呼吸开始紊乱，最后则是一脸"糟了"的样子，用看怪物一样的神情看着我。

"是我！"嫌犯惨叫着，"是我杀的！"

嫌犯崩溃了，他疯狂地摇着头。

"那么……我还有最后一件想要知道的事，我到底是哪里搞错了。你是叫山口美美香吧，你为什么能注意到，我做的那些如此细微的事？"

嫌犯用蛇一般的眼神紧盯着我。

"嗯，这个很简单。"

我用食指指着自己头侧的地方，轻轻敲打了两下。

"我的这里，是与众不同的……"

"我说，山口。"

将嫌犯交给警察之后，我们回到旅馆的房间后，大野说道。

"怎么了，所长？这次我算得上表现出色吧？"

"嗯，从解决案件本身来说，确实干得漂亮。"

我无视了他所说的"案件本身"这一点，追问道："没错吧？能不能多夸夸我啊？"

"可是山口，那句标志性的台词，差不多也该换了哦。"

"什么意思？"

"你那样说很容易让人误会的！"

大野的音量突然变大，我的耳朵如同突然被塞住一般。

"你那个动作，加上'我的这里，和别人不一样'的说法，会让人误以为是'大脑和别人不一样'的意思。所以，嫌犯把你的话当成了'我的头脑很好，而你是个笨蛋'。"

"……原来如此，是这样啊。"

"你该不会没有意识到吧？今天嫌犯一脸狠劲地要抓住你的时候，你还没意识到问题出在哪里吗？"

大野追问道。

我一边安抚着他的情绪，一边说：

"那么，请问我要怎么说才好呢？"

"用更清楚的方式表达不行吗？比如用这样的姿

势。"

大野说着，使劲地扯了扯自己的耳朵。

"这样就能表达听力很好的意思了吧，不会让人误解。"

"……可是这个动作，一点都不可爱嘛。"

"你这家伙——"

大野叹了口气。

没错。我能够事无巨细地说出凶手的整个犯罪过程，都是拜我的耳朵所赐。

在旅馆的晚上，我睡得不好，正当我迷迷糊糊的时候，听到旅馆里有什么人的脚步声。不过当时，并没有明显的枪声和惨叫声让我意识到正在发生犯罪行为。到了早上发现尸体之后，我将晚上听到脚步声的事告诉了大野所长，这才想到那可能是杀人凶手发出的声音。

而通过对那一连串声音的回忆，我们也追查出了事情的整个经过。

当然，凶手并没有想到，当晚他发出的声音会被其他人听到。因为那只是极其微弱的声音。我的房间在二楼，大野和被害人的房间在一楼。可哪怕这样，大野却什么声音都没有听到。

要从二楼听到一楼发出的微弱声音——哪怕是如此微小的声音，我的耳朵也听得非常清楚。这就是我在高中、大学时，被人称为"地狱耳[1]美美香"的原因。

"……不过这次，已经是我和山口搭档的第五个案子了。看来我们还有进步空间哦。全是靠对山口听到的声音进行分析，才能够弄清楚凶手的行动。"

"是啊。我只要将那天晚上听到的脚步声，和每个嫌疑人进行比对，就能知道凶手是谁了。"

"每个人的脚步声都有自己的特征，能够反映人的体重，以及走路的节奏……"

"这次发出脚步声的凶手，右脚有些沉重，所以特别容易听出来。应该是因为扭伤吧。"

"你的耳朵还真是一直都这么让人惊喜。"

"……可是，如果没有大野所长的推理，就没法弄清楚凶手行动的意义。那就是，凶手在被害人的房间中，将桌子推回去的原因。"

"可是他将桌子推回去这件事本身，又是因为你的耳朵捕捉到了细微的声音才能获知的。那是凶手进入被害人的房间后，按计划翻找东西时发出的声音。"

"而后，所长就在桌子的里侧发现了附着的证据。我好不甘心啊，真希望那是我自己发现的……"

"由耳朵很好的山口来收集线索，再由我来推理——这不是恰好证明了，我们的分工很合理嘛。"

---

[1] 在日文中，有过耳不忘或听力非常好的意思。

"话是这么说啦……"

我的耳朵天生十分灵敏。不过我第一次将这件事说出来，是在大学二年级的时候。当时，我将这件事告诉了戏剧社的前辈大野。

拜那次的机缘所赐，我在大学毕业后成为侦探事务所的职员。这家事务所包括我和所长在内共有三个人。我非常喜欢现在的工作环境（另一位职员现在还在事务所值班）。

"对我来说，现在的工作方式很令人安心。"

大野微笑着说。

"可是，推理的话，我也能——"

"你还记得泰迪熊吗？"

我停下了口中的话语。

"……这种时候说这个，所长可真是狡猾。"

大野耸了耸肩。

"可是，你刚才只是在模仿福尔摩斯而已。"

"什么意思？"

"那是福尔摩斯的一部短篇小说，也是他的失败经历。故事的最后，福尔摩斯对华生这样说，当他对自己的能力过于自信时，就将与这次失败经历有关的地名，在他耳边轻轻提一下……也就是说，这是让他引以为戒的词语。"

"可是这样类比的话，山口就成了福尔摩斯？"大野歪着脑袋,"不管怎么看,都是我在推理吧。"

"可是所长,没有我的耳朵就没有办法解开谜题。"

我们两人一边沉吟着,一边互相对视。

我们能够建立现在的合作关系,是以一年前冬天发生的某起案件为契机。那也是我和大野第一次搭档的案件。

那是一起和泰迪熊有关的案子。

那只泰迪熊,现在也作为警醒我的道具,摆放在事务所我的桌子上。

1
一年前

"窃听器?"

在侦探事务所中,我和大野的桌子是正对着的。在大野的旁边,站着一名叫深泽的年轻调查员。此时,我们事务所的人已经全员到齐,事务所中弥漫着一股严肃的气氛。

在被精心打磨过的红木桌子上,整齐地摆放着关于国崎千春的出轨调查资料。大野的办公室,永远都是这样整洁有序。

"对了。山口还没有看过这个吧。"

大野从抽屉中取出一个小小的黑色机械,大概有食指的指尖大小。

"这是什么啊?"

"是高性能窃听器,用电池能工作十天左右。"

"这个能够将声音非常清晰地录下来,"深泽继续说明道,"这次的调查对象国崎千春,喜欢小玩具,所以我们将这个装进泰迪熊里,然后称作是玩具商的试用赠品送给她。其实送到国崎家里的'孩子'已经不在这儿了,这个只是相同的制品而已。"

深泽将这个十厘米左右大小的泰迪熊放在桌子上。我拿起来看了看,这毛茸茸的质感拿在手里十分舒服。小熊滴溜溜的眼睛很可爱。将泰迪熊玩偶称为"孩子"的深泽也是用词巧妙。

"将窃听器置入玩偶后,要完整地缝合起来相当困难。我们买了好几个相同的产品练手,最后终于完成了。哎呀,现在想想还真是辛苦。"

"窃听器装在玩偶的头部。因为这一部分的质地原本就偏硬,所以不太容易被发现吧?"

我用手按了按泰迪熊的头部。的确,完全感觉不到里面装了什么东西。

"可是,哪怕是为了调查,这也算是侵犯他人隐私了吧……"

"因为侦探这种行为本身,或多或少总归会侵犯他人的隐私吧。"

听到大野这种毫无愧疚感的发言，我叹了口气。

"这次的调查……我记得，是出轨调查吧？"

"没错。三周之前，国崎千春的丈夫国崎昭彦来到我们事务所进行委托。他说自己出差回家之后，发现妻子打开了平时不喝的日本酒的包装。"

"说起来深泽，你喝酒时，也没少抱怨自家的烦心事吧。"

听了大野的调侃，深泽露出了苦笑。

"然后呢？调查的结果怎么样？"

"是真的。国崎千春确实有出轨对象。"

大野从桌子上拿起了几张照片。那是一些偷拍的照片，只见一个相貌如同女演员般的女性，和一个肤色黝黑、肌肉发达的男性，正热情地拥抱在一起。还有一张照片，则是直接拍到了他们接吻的瞬间。

"这个男人名叫黑田佑士，是她常去的健身房的教练。国崎太太每周二和周四去健身房上课。她的丈夫周四晚上固定在公司开会，很晚回家，于是她就把教练带回家偷情。"

"这是通过窃听知道的吗？"

"嗯，通过窃听器，我们还了解到了一个事实。"

大野用惊天发现般的夸张语气说道。

"其实，作为丈夫的国崎昭彦，在公司里也和年轻的女性出轨了。对方的名字叫间宫亚纪。我们在国崎家，通过窃听器，录下了昭彦和她的电话。"

"从窃听器录下的对话可以听出，夫妻两个人早已面和心不和。两个人都像是戴着面具般在生活，平日的交流毫无情绪波动。那个丈夫在给自己情人打电话时，明明声音超级谄媚的，可他跟妻子说话时，却一脸不高兴的样子，差别待遇过于明显。"

"而且，昭彦和间宫亚纪，是'以结婚为前提'进行交往的。昭彦为了和千春离婚，必须拿到对方出轨的证据，这样在离婚判决时才能处于优势地位。"

"什么啊，"我感觉胸口里仿佛结了个疙瘩，"那不就相当于，我们是被他利用了嘛。当然，我们也是做生意，不能把这种事告诉客户的太太。"

"那是当然。我们并不是在从事什么履行正义的工作，只不过是做生意而已。"

大野冷冰冰地说道。

"而且，只要将调查报告交给委托人，拿到报酬，这件事也就到此结束了。为什么所长要特意将我们叫过来呢？"

听了我的话，大野的眉毛扬了一下，却并没有生气，而是直接进入了正题。

"这次的委托，原本确实应该到此为止。然而一周前，国崎千春在自己家中的起居室被杀害了。"

我几乎停止了呼吸。

"而这个窃听器，录下了杀人时的场景。"

深泽有其他案子需要调查，先离开了事务所。

"……总算明白了，所长把我叫来的意义。"

"你什么意思？"

"请您别再装傻了。您是想让我来听窃听器里录下的声音吧。也就是说，那个杀人事件发生时的声音……"

大野微笑了起来："没错。"

事务所里，只有大野知道我耳朵的事情，这件事情我没有跟其他人说明过，所以在深泽离开之后，我们才开始说起这个话题。

"我将案子梳理一下。"

大野咳嗽了一声。我在椅子上坐直。

"国崎千春，在一周前的周四晚上八点，被刚回到家的昭彦发现死在家中。她的尸体趴倒在起居室里，头后部有一处挫伤，额头有一处裂伤。地上飞散着血迹，尸体周围有搏斗过的痕迹。在尸体旁边，掉落着疑似凶器的高尔夫球杆。因为千春房间中的宝石和首饰被盗，所以警方怀疑，这是一起抢劫杀人事件。"

"窃听器是放在哪里的？"

"在杀人现场的起居室里，泰迪熊本身也被踩坏了。应该是在搏斗的时候，被凶手或者千春踩坏了吧。当然，警察从泰迪熊的残骸中找到了窃听器。昭彦交代了他委托侦探事务所的事情,所以警察才来找我们,询问关于窃听器的事。"

"难道说,这就是所长昨天一天都没有来事务所的原因吗?"

"确切地说,是我想来但来不了啊。毕竟我是重要的参考证人,被叫去问话了。"

我在脑海中想象着大野在审讯室中畏畏缩缩的样子,不由得笑了出来。大野不满地瞪了我一眼。

"总之,窃听器作为证物被收押了。警察检查了所有的录音资料,并且找到了杀人时的记录。我想让山口也听一下这段录音。这是杀人犯留下的唯一线索。"

"我可以问两个问题吗?"

大野摊开双手,装模作样地催促我。

"第一,既然警察已经把窃听器收押了,那么我根本没有办法听到其中的内容吧?"

"事务所的电脑通过联网,已经将窃听器录到的声音一一保存下来了。虽然我们的电脑也被收押了,不过我已经提前用 U 盘将录到的声音拷贝出来了哦。"

所长办事果然滴水不漏。

"第二个问题是什么?"

"既然是调查出轨的案子,我们应该没有必要追查杀人凶手吧。我感觉,所长对这起案件,似乎过于热心了吧……"

"那当然，"大野的呼吸声粗重了起来，"因为我被怀疑了。毕竟我是在国崎家安装了窃听器，并且一直在他家附近打探的怪人私立侦探啊，这样下去我的名誉可是会受损的。另外，我也不打算从嫌犯那里领取报酬。"

我按住了额头。

没错。所长就是这样的人。

"还好我有不在场证明，才让我摆脱了嫌疑。按照窃听器内置的时钟显示，杀人事件发生在下午四点十三分。当时我和山口，正在外出调查另一起失踪案件。要是没有这个不在场证明，我今晚恐怕就得在看守所过夜了。一想到这一点，我就坐立不安。"

"可是……"

我却总感觉有些提不起劲。杀人瞬间的声音……那是活生生的、非常残酷的声音。只是想象一下，我就感到不安在胃中翻滚。

"还有啊。"

这时，大野说道。

"我想这也是个机会。从你入职以来，这是第一起能够用到你耳朵能力的案件。没事的，这次我会和你一起，不会再次失败的。"

大野趁势说道。我屏住了呼吸。我回忆起了，我向大野表明自己能力的那天晚上的事情。

*

那次的事件,是戏剧社内部的派系斗争。河野和西田两名女生对立,并且建立了自己的小团体,要在文化祭上争夺主角的位置。

那时,河野给西田的杯子里下了药。

注意到这一点的,是我的耳朵。比重发生变化的水声,休息室附近奇怪的脚步声,还有在那脚步声主人的耳边,沙拉沙拉的轻微响声……我想那应该是耳环的声音吧。河野平时很喜欢戴耳环。

所以我将河野和西田的杯子进行了替换。河野自作自受,让她自己尝尝这滋味也不错。我当时就是这么想的。

当天晚上,我被大野叫了出来,去居酒屋里小酌一杯。

因为他并不是很亲密的前辈,所以被他邀请时我感觉有点困惑。然而,当大野从包里取出保温杯时,我的脸马上红了。

——不,这不是我干的……

我开始解释整件事情。大野用鼻子哼了一声。

——我明白了。那个被下了药的杯子,被我收起来了。因为这次事件的真凶,并不是河野。

听到他的话,我吃了一惊。

大野看到我替换了两个人的杯子。他也注意到了这两个女生的对立,并且推理出了,我认为这是河野在杯子里下药，所以替换了杯子的原委。他查出了真凶，并且把我叫出来喝酒。

是我搞错了啊！我说着让她自作自受，并且擅自替换了杯子，对于自己的行为，我感到有些羞耻。

——对不起，我对河野……做了很过分的事。

我这时才发现，我过于相信自己的耳朵了。

——都说了，河野没有喝下药，杯子已经被我收掉了。可是，你为什么会发现有人下药呢？

而后，我就向大野说明了自己耳朵的能力。

一直以来，我都不敢向家人或者老师说明这件事。小时候我发现，自己能够听到别人听不到的东西。

可是为什么，我却能对眼前的男人说出这件事呢？

耳朵的听力很好，也不知道能不能算是某种特殊的能力。我一开始以为，大野会把这当成是我的妄想而嘲笑我，没想到大野却一脸很感兴趣的样子听了下去。在这种情况下呢？这样的声音呢？虽然他一直在问东问西，但很明显，他相信我的话。从他真诚的提问方式，可以看出，他应该是正面地接受了我的信息。因此，我也对大野产生了信任。

——对了，大学毕业之后，我打算自己成立一家侦探事务所。

大野露出了像是孩子般的笑容。

——山口的能力，再加上我的推理力，一定能够派上用场的。怎么样？要不要来我这里工作？

没错，那天晚上，我被大野说服了。他的眼中没有任何看待异性的神情，只是用单纯的、像孩子般的眼神，饶有兴趣地探究着我耳朵的能力。

顺带一提，我从他那里得知，真凶借口要在戏剧里使用小道具而借用了河野的耳环。"没想到会因为耳环的声音而导致误解，河野本人也没有想到。"说到这里，大野呵呵地笑了起来。

然而讽刺的是，正是因为我听到得太多，才导致没有看破真相。

*

然而尽管如此……

"拜托了山口，请把力量借给我吧！我想把警察的嘴彻底堵上！"

现在，在我眼前的大野，握着双拳颤抖着说道。

——没想到，他也会有这种样子。

我长叹了一口气。

说起来，那天的酒钱还是我付的呢。一共是三千二百块。因为大野喝得烂醉，我没办法，只好连他的份也一起付了。

真是糟糕的回忆啊！

……可是，这也许的确是个尝试着使用自己能力的好机会。在侦探事务所就职以来，还没有能够利用我耳朵的能力调查的案件。我很擅长行政类的工作，因此也得到了所长的认可，但我还是希望，自己的能力能够派上用场。

好，我给自己打气。

"总之，请先让我听一下声音吧。然后再说后面的事。"

大野露出了满足的笑容，开始操作电脑。突然，电脑中发出了尖锐的喘息声。还有某种弹簧摩擦的声音。

"所长……这种东西，您能回家自己听吗？"

比起不好意思，我更多感到的是惊讶。刚才那种紧张的感觉已经烟消云散。

"不，不是啊山口。这是窃听器录下来的声音。这是在起居室的沙发上，国崎千春和黑田亲热的声音……"

……真是的，为什么我会和这种人搭档啊！

"我知道了，"我严肃地说道，"赶紧把杀人时的录音调出来吧！"

我戴上了连着电脑的耳机。这副耳机遮音性很高，是我相当喜欢的产品。我重新调整状态，大野点了点头，又开始操作鼠标。

最开始，是门打开的声音。

而后是脚步声。吧嗒，吧嗒，这样轻微的声音。这种往前一步一步的节奏，感觉是稍微有一点间隔的。

从这轻微的脚步声可以推断出，这既不是穿着袜子，也不是光着脚所发出的。而这脚步的节奏呢？感觉像是在警戒着什么，又或者是有些紧张。

脚步声变得越来越大。

"啊，怎么了？"

一个明快的女性声音响了起来。那就像是某种黏着在皮肤上的带着媚态的声音。

脚步声停止了。

"等一下——"

女性发出这句话的瞬间，响起了激烈的声音。咔，好像有人的脚撞到了什么东西，而后则是女性尖锐的叫声，还有"咣当"一声，像是什么东西被撞倒的声音。接下来，则是咚咚的低音，像是某种很重的东西被撞到时发出的。再接下来，则是女性低沉的呻吟声。

然而就在这个瞬间，我注意到了异常。

嘀——

（咦……）

这种令人不快的不协调音，让我不由得将耳机摘了下来。

（刚才那是，什么东西在响？）

我的头疼了起来，头上冒出了汗水。

那个声音最终落了下去，然而我的心脏仍在怦怦跳个不停。

尽管不协调的声音已经落下，但录音还在继续。

又过了好长时间的无音状态。我感觉有些不舒服。

而后，我又听到了脚步声。咚，咚，那是某种带着沉重感，但音量很稳定的声音。随后则是慌乱的呼吸声，以及长长的喘息声。

而后，又一阵激烈的撞击音响起。那是脚步声，以及打破玻璃的声音，以及有什么东西反复弹撞的声音。

接下来，我的耳朵边上，听到了某种炸裂一般的声音。

大概是泰迪熊本身撞到了什么东西吧。也许是掉到了地上。证据就是，接下来的脚步声，变得更近了。那是一种很激烈的脚步声，给人一种压迫感。

而后就突然迎来了结局。

某种钝音响起。像是两种坚硬的物体互相碰撞的声音。

我不由得脸上露出了难色。

接下来，则是咔嚓一声，像是什么东西摔破了。

声音到这里就结束了。

打破这沉重安静气氛的人是大野。

"感想如何？"

"……像是感受到了人的恶意。那种恶意，从耳朵传入了我的全身。在听到凶手的呼吸时，我能感受到他所散发出的恶劣兴致，我的身体也随之颤抖。录音后半段，女性的叫声变小，大概是因为实在是太过于害怕了……"

我自然地联想出了一个女性被杀害的瞬间的场景。

"冷静一下慢慢来。"

大野体贴地说道。我点了点头，深呼吸了一下。

"……有没有什么线索？"

"在没有看过现场的情况下，有一些搞不清楚的地方。首先让我在意的是脚步声。虽然说是杀人前的紧张状态，不过我已经记住了凶手的脚步节奏和走路方式的特征。对了，国崎家是铺了地板吗？"

"嗯？"大野眨了眨眼，"嗯。我接受委托时去过他家，的确是地板。"

"那样的话，凶手当时穿着拖鞋的可能性比较高。凶手发出的，是吧嗒吧嗒的轻微脚步声。很符合拖鞋的底部与地板接触时的声响。"

大野瞪大了眼睛。

"真棒啊！实际上，现场的确找到了一双沾着血迹的拖鞋，作为证物被收押了起来。"

发现自己的想象得到了证实，我内心窃喜。

"然后是，在录音的后半段，像是搏斗一样的声音。那种像是什么东西倒下的声音和玻璃打碎的声音。因为没有实际见到起居室，我无法做出判断。倒在地板上的应该是什么木制的家具吧，比如说，像是椅子或者是衣架一类的……"

"嗯。这个看现场的照片就知道了。打破玻璃的声音，是桌子上摆放的玻璃杯子掉落和储物柜的玻璃门被打碎时发出的。木制物品倒下的声音，则是现场放倒的椅子发出的。当然，如果山口能更加仔细地调查现场的话，也许还有别的解释吧……"

大野露出了有些难为情的神情。

"不好意思。"

"怎么了？"

"我看你在听录音的时候，脸色有些差，眉头也皱了起来，是这些声音让你不舒服了吧？"

原来我脸上的表情这么难看啊，我在内心苦笑着。

"啊……没关系。虽然这里面也有令人感到害怕的声音，但是不仅如此。这段录音中，还有一处不协调音。"

"不协调音？"

大野一脸摸不着头脑的样子。

"是的。在中途有一段让人非常不舒服的声音……搞得我头疼……"

"有这种声音吗？要不要再听一次啊？"

虽然我内心并不情愿，但还是点了点头。大野将耳机线从电脑上拔下，然后将电脑的音量调大。

"我从最开始再播放一次，你听到不协调音的时候就举起手,到结束时就放下手。"

搞得好像听力测试一样。

大野再次开始播放录音。先是凶手的脚步声,国崎千春的声音,搏斗的声音,还有屏住呼吸般的沉默,而后……

——来了。

我举起手,然后一直忍耐到那段声音停止后,我放下了手。

"……我什么都没有听到。"

"怎么会这样?明明已经很大声了嘛。"

"只有山口能够听到,我是听不见的。恐怕这代表了两种可能性。第一种可能性,我和山口听到的两种声音是一样的,但是在山口听来,和我听来的感觉是不同的。也就是说,虽然听到了同样的声音,但我并不认为那是不协调音。对了,《古畑任三郎》的电视剧里,有一集叫作《绝对音感杀人事件》。凶手是由市村正亲扮演的。那一集让人超级火大,结局是凶手拥有绝对音感,所以他的听力感知有问题,可这一点观众根本无从知晓。"

"请问,为什么突然说起了这部电视剧——"

"总而言之,我的意思是,当某两种声音结合的时候,只有山口会认为,那是不协调音。然而,还有另外一种可能性,这种可能性要更加说得通。那就是,在你听到不协调音的地方,我的耳朵,实际上并没有听到任何声音。"

大野摸着下巴说道。

"山口的听力很好,能够感知到非常细微的声音。在这个时间点,只有山口的耳朵捕捉到了那微弱的声音。"

"原来如此……也就是说,低语声,还有远处传来的衣服摩擦声、电器的启动声,以及户外的响声等,那些细微的声音吧。"

"没错。因为是两种声音重合形成的不协调音,第一个声音,应该是在不协调音响起之前就已经存在的声音。所谓的不协调音,假如说是有两层的话,一般来说,一直在响的那个声音,我们先称之为——'基础音'。而其成为不协调音的原因,则是在它之上又加上了'另一种声音'。"

大野将目光落回电脑上。

"山口从举起手到放下手的时间总共为十四秒。所谓的'另一种声音',应该就是在这十四秒响起的。"

"关于'基础音',如果将录音回溯到不协调音响起之前,应该能找出来到底是什么声音吧。"

听了我的话,大野点了点头。将录音回放至了不协调音响起的五秒前——那种令人不快的沉默继续着。他看着表。我再一次戴上耳机,屏住呼吸,开始集中精力听录音。

几秒钟后,在不协调音响起的瞬间,大野停止了播放。

"听到什么了吗?"

我闭上眼睛。

"……有一种想要拼命压住,却突然紊乱的呼吸声。还有两声嘀嘀的声音。一个大,一个小。我想应该是时钟或者是手表的秒针在走动吧。此外,还有窗户外面的鸟叫声,以及屋檐下的脚步声。从音量来判断,应该是老鼠吧。然后还有……某种单调的……机器的启动声……"

"什么,你的耳朵竟然好到这种程度,"大野叹了口气,"一直处理这么多的信息,你不会觉得累吗?"

"当然了,如果是要集中注意力,去仔细分辨这些声音的话就会很累。不过在无意识的情况下听到这些就没什么。"

原来如此,大野摸着下巴沉吟道。

"时钟的秒针转动声,机械的启动声……到底哪一个比较怪呢?这两个都符合一直持续在响的'基础音'的特征。对了,具体是什么机器在响,能够确定吗?"

"时钟是比较有特征的声音,因为它的声音节奏和时间是一定的,声音大小也是固定的。所以时钟的声音是可以判断出来的。然而,机器就另当别论了。我听到的,是一种从空气中持续发出的'嗡'声,但是也只能判断到这种程度,无法确认具体是什么机器。有可能是电脑,也有可能是空调,又或者是某种游戏主机一类的声音。

电风扇也有可能。总而言之，因为可能性太多而无法再具体了。如果有那个家里所有的家具清单，以及所有同款电器，也许可以通过实验得出结论吧……"

大野深深叹了口气。我感觉胃又疼了起来。

"看来山口的能力也有一定局限性。最后这一切，还是要为经验所左右啊。要想调查出真正的不协调音，就必须调查出国崎家所有的家用电器的型号，还必须进行实验才能得出结论。这样花费的费用，已经在出轨案的报酬之上了啊。虽说很在意这个不协调音，结果却完全派不上用场。"

"……您倒是也不必说得这么直白……"

虽然我一开始对自己的能力也没什么自信，但是被他说到这种程度，果然还是相当泄气。

"不过，能够打破这种局限的，还得是我。"

大野笑了起来。

"我有一种降低经费的方法，你知道是什么吗？"

我的直觉告诉我，这个问题像是考试，因此感到有些紧张。我看着大野的眼睛。他清澈的眼睛也正盯着我，嘴角浮起温柔的笑意。

冷静下来之后，答案简单地浮现在我的脑海中。

"……我们直接去国崎家？"

"你这不是知道嘛。"

大野轻轻拍了拍手。我感觉他像是在嘲弄我一般，不由得生起气来。

"可，可是要怎么做呢？我们又不是警察！没有进入现场的权力吧……"

"确实没有。不过，我们可以非法侵入？"

"这也太荒谬了吧！"

看到我这副极力反对的样子，大野干巴巴地笑了起来。

"哎呀，不好意思，我只是开个玩笑。总而言之，只要找个借口去国崎家不就行了嘛。"

大野站起身，从文件柜里取出了一个文件夹。

"实际上，我还没有向他进行委托报告呢。毕竟刚刚发生了杀人案，去报告也挺不合时宜的。现在距离事件发生已经过了两周，虽然也不是谈论故人出轨问题的合适时间……"

大野继续说道。

"关键就在于这一次的拜访。如果我们能进入杀人现场的起居室，去听一下现场的声音，并且在房间里四下观察……要是能到其他房间，比如客厅和接待室之类的地方，应该会有更多发现。你可以在我进行报告的时候，找个借口说要去洗手间离开，然后去调查杀人现场的起居室。你把所有能接电的电器都插上电源，实际听一下那些声音。你的耳朵，可是破解这起案件的关键一环。"

这责任也太重了吧。这巨大的压力，让我的胃部产生了一种似乎喝进去了什么有着了不得重量的东西的感觉。

"可,可是,这个不协调音,真的有那么重要吗?"

"它响了十四秒。搞不好是因为什么而启动,而后又被凶手关掉了。又或者是再次变回单一声。也许是凶手的计划,又或者是凶手引发的小事故……不管是什么,都是能够抓住凶手马脚的有力信息。现在,凶手几乎没有留下任何线索。我们只能通过国崎千春那亲密的称呼,得知凶手是她认识的人。而不协调音这一点,虽然细微,但却是值得追查的线索。"

"可是……"

"不过,如果我说了什么让你不舒服的话,我先道歉。那都是为了说服你。"

我犹豫了起来。一想到要亲自踏入杀人现场,我就感觉害怕。

"我准备明天就去,怎么样?"

他用不容分说的语气说道。在这种情况下,我只能点头。

"可是,我需要的,只是你的耳朵哦。如果你在现场注意到了什么,一定要回事务所再说,千万不要在现场不小心露出马脚。你的能力还不完善,不能太草率。"

他的话燃起了我的斗志。

他说的是我大学生时代的事情。那次,我的推理的确完全是错误的。可是,从那之后已经又过了好几年,我已经不会再经历同样的失败了。

　　……我绝对，要让你见识一下我的厉害。

　　"我知道了，"我微笑着说，"我很期待明天，所长。"

2

国崎家住在一处幽静的住宅街。从附近路过行人的眼神就能感到,他们家里刚刚发生了杀人事件。现在,一个穿着冬装的妇人,正在一边悄声嘀咕什么,一边向站在国崎家门口的我们投来热情的视线。

我看了一眼身边紧张的美美香。

虽然被她这副样子逗得笑了出来,我还是马上绷紧脸色,毕竟还得保持上司的威严。

"山口,就像我们之前说过的那样,拜托你了。"

"好的。"

她在我的侦探事务所工作已经有半年时间了。我有时也会和她一起调查,但这还是她第一次亲自踏入现场。

我按了下门铃。三十秒左右之后,正当我准备再按门铃时，里面传来了阴沉的声音。

"……哪位？"

"国崎先生，不好意思，我是大野侦探所的。"

"侦探？……啊！我知道了，好的，我现在开门。"

玄关的门很快打开了。这个家里，还残留着事件的余波。听到外面自称侦探的人，还是会让他感觉有些忌惮。

房子的主人国崎昭彦走了出来。他穿着一件带领子的衬衫和牛仔裤，胡子剃得很干净，左手戴着一只银色的手表。

"难道说，您现在正要出门吗？"

听到我这么问，他回答："不，没这回事。您来是为了之前我委托调查的事吧。请进来吧。"他无力地笑着说道。他从玄关的柜子里取出两双棉拖鞋，自己则穿着袜子回到走廊。

"这家里还有个女人。"

美美香在我旁边小声说道。

"什么？"

"在按门铃之后，我听到了两种慌慌张张的脚步声。我估计，她的鞋多半就藏在玄关。你看。"

在我阻止她之前，她就已经打开了鞋箱，并且在里面发现了一双高跟鞋。的确，比起鞋箱里摆放的其他女鞋，这一双的尺寸要更小一些。下面放的那些应该都是国崎千春的。

"还有,在门内侧,有三次沙沙的声音,像是在使用什么喷雾剂。恐怕是除味剂吧。这是为了消除女人身上的香水味道而喷的。"

美美香穿上拖鞋,走在地板上,继续说道:

"还有,我想当时凶手穿的,就是这种拖鞋。也就是说——"

"不愧是山口。"我打断她,然后用食指,轻轻敲了两下自己的头侧。

"只有这里是一流的哦。"

听到我这么说,她鼓起了腮帮子不再说话。我是在模仿她平时的习惯,估计这一点也挺讨人厌的。

"就像事先我们说好的那样,山口一定要认真仔细地观察现场。今天的真正武器是你,我可是抱有很高期待哦。"

说到这里,我又特意强调。

"但是,一定要注意小心说话。有什么事,都等回到事务所再报告。"

"所以嘛,我都是趁国崎先生听不见的时候才说的。"

"到底听明白没有啊?"

"明白了。"

这才像话。

坦诚倒也算是她的优点。

我和美美香先来到和室的佛坛上了香。遗照里的国崎千春正露出柔和的笑容。

"二位这边请吧。"

国崎昭彦这么说着，带着我们走到了客厅。国崎备好了茶端过来，我们坐在客厅的沙发上，我用抱歉的语气说道：

"在这种时候打扰真是不好意思……"

听我这么说，国崎客气地低下了头。

"您的气色不太好啊。"

"嗯，是啊……妻子去世，已经两周时间了吧。葬礼只邀请了亲近的人参加，忙完终于能休息一下了。"

说什么去世啊，我的内心哼了一声。明明就应该说是，被杀害的吧。

这时，房间里响起了手机铃声。国崎拿出手机看了看，说了句"不好意思"便站起身接起电话。

"对，我是国崎……啊，是的，不好意思，这次的话……嗯，等我再冷静一阵子吧……嗯？是传真吗？不，没收到……没错，就是这个号码……不好意思麻烦您了……"

国崎挂了电话，再次回到座位上。"是公司社团，要给我发送活动的宣传单。同事也是想让我转换下心情。"说到这里，他露出了一副和善的笑容。

"对了，你们今天过来，是要对之前委托的事进行报告吧。"

"是的……不过，如果您实在不想听，我们也不会勉强。"

"不，不，"国崎摇了摇头，"既然已经调查了，那就拜托您说明吧。"

说到这里，他垂下眼继续说道：

"在失去她之后，我才意识到我对她的事其实根本就一无所知。所以，最起码请让我知道……"

这演技也太烂了。他显然是在表演正在承受丧妻之痛的丈夫。可他明明就在跟别的女人出轨。而且，现在两个人应该正在讨论再婚的时机吧。

我回忆起了在佛坛看到的那张照片。能和那么漂亮的女人结婚，还不满足，他可真是个贪得无厌的男人。

"不过结果并不尽如人意。"

"没关系，也许我也能借此机会得知，我哪里有问题吧。"

"明白了，山口。"

"好的。"

坐在一旁的美美香打开文件夹。其中是这次调查的结果报告书，以及偷拍到的照片等东西。

"这是这次的报告书。"

国崎并没有接过我递过去的报告书，而是露出深沉的表情说道：

"大野先生,请您一定要明明白白地告诉我,我的妻子到底……"

我摆出一副为难的表情,点了点头。

"您妻子确实有婚外恋的对象。"

虽然国崎努力做出一脸沉痛的表情,但他微微上扬的嘴角还是出卖了他。这和他的预想一样。

"那么,对方是什么人呢?"

国崎催促道。他甚至都没能表演出一点要消化一下这件事的样子,估计也骗不过警察了。山口从递出的资料中找到黑田的照片,提示道:

"是您太太经常光顾的健身房的教练,是她的私人教练。"

国崎的脸扭曲了。

"说起来,她最近都没怎么买衣服了。"

"因为私教课很贵吧。"

"这照片是在我家门口拍的吧,他们进我家约会了?"

"周四的私教课是从下午两点开始,进行一个半小时。然后他们就会来您家里。"

"周四我一般会在公司开会直到晚上。原来如此,他们就是利用这个时间……"

他露出了苦闷的表情。

"千春,有可能是这个男人杀害的吧?"

"什么?"

我露出了像是第一次听到这种可能性一样的表情。

"因为他是抱着玩玩的心态和我妻子交往的,而后可能产生了憎恨的情绪,杀人之后再伪装成强盗杀人。"

他的呼吸有些粗重了起来。

"嗯……怎么说呢。"

我嘴上这么说着,但其实我老早就考虑到这种可能性了。但是,国崎为了和出轨对象结婚,同样也有动机杀害妻子,还有他的情人亚纪,也有可能是因为国崎不肯和妻子离婚而动手杀人。在我看来,国崎、亚纪、黑田三个人的可疑程度不相上下。当然,我可不会笨到直接跟对面的人说,我也在怀疑你呢。

这时,美美香从沙发上站了起来。

"请问……"

"怎么了?"

听到国崎这么问,她的身体稍稍僵住了。而后,她有些不好意思地说:

"我可以……借用下洗手间吗?"

我做出一副一边责备手下失礼的新人,一边向客户道歉的上司的样子。

没问题。一切都和事先预想的一样。

"啊,没关系。出了房间往左拐就是。"

"好的,对不起……"

美美香很快离开了客厅。她在关上客厅的门后,似乎又在门外逗留了一下,慢慢转动了门把手。

"对了,说起来。"

听到国崎的话,我马上流露出营业式的微笑。

"怎么了?"

"原本说好的,是要委托您调查两周的时间。但是现在,事情变成了这样。那个……委托费方面,能不能算便宜一点呢?"

原来要在这里讨价还价啊,我在内心里苦笑了起来。为了和将来妻子的生活,他真是能省则省。

不过这样一来,也能稍微争取一点时间吧。

就像刚才在玄关时说的那样,今天真正的武器,其实是美美香。

那么,在她的调查结束之前,我也必须尽自己所能拖延时间。

也就是说,我要让眼前的男人认为,我因为想要坚持和他讨要当初约定好的费用而讨价还价。

3

我离开国崎家的客厅。

我慢慢转动门把手。咝——极具特征的金属音响了起来。我要牢牢记住这个声音。当它再次响起时,我必须回到客厅门前。

关上门后,我深吸了一口气。因为过于紧张,我没法冷静思考。我满脑子想的都是被发现了该怎么办。

不能这样下去!

我回忆起了被大野煽动时,自己那兴奋的心情。

我听到了对面的门内,传出了微小的脚步声。我不由得僵住了身体,在门另一边的人,也是和我相同的状态。那是国崎昭彦的爱人间宫亚纪。我回想起了之前在玄关处的鞋箱里看到的高跟鞋。

"怎么偏偏要在这种时候来啊……"

有个微小的声音在嘀咕着。

她应该是藏在哪里,然后听到了关门的声音吧。对于她来说,现在也是不能被人发现的状态。

我听到了她的脚步声。然而,只有几步而已。我没有办法将这个脚步声和在窃听器里听到的声音进行对比。

——山口的能力也是有限的。

啊,真是的!

我摇了摇头,想将大野说过的这些烦人的话,从大脑中消除。

我尽量放轻脚步,寻找起居室的位置。

找到起居室后,我为了让自己冷静下来,坐在了沙发上。也许是因为使用的时间太久,沙发的弹性已经不强了。我的屁股感觉到了硬邦邦的触感,有点疼。然而这种疼痛却让我清醒了起来。我开始寻找起居室中的某样物体。

那就是不协调音的发声源。在这里,应该能找到答案。

大学时代,我对自己的能力过于自信而犯下了过错。对于指出我的错误,并且庇护了我的大野,我深怀感激。

可是现在,也该让大野见识一下我的能力了。

不能一直被他这样看扁。

让我大显身手一番吧。

4

在回事务所的路上,美美香一脸憔悴的样子,什么话都没有说。

是因为第一次进入现场调查,太累了吗?我抑制住了刨根问底的冲动,将步速放到和她一致。

"——怎么样?"

回到事务所,我坐在她对面的沙发上问道:

"情况怎么样?"

"我不知道,"她摇了摇头,"我什么都不知道。"

我仰起头。是不是给她的压力太大了呢?

"我按照所长说的,拍下了照片,使用的是手机的静音相机。"

"谢谢,那就把数据传给我看看吧。"

因为是工作配发的手机，其中并没有美美香的个人信息，她也很痛快地直接将手机递给了我。

我看着她拍到的几张照片，大概明白了起居室的情况。顺着餐厅和厨房出去就是起居室，从厨房就能直接看过去，而且里面的空间很大。房间里放着吃饭用的餐桌，还有休息用的沙发和按摩椅。

……那个男人，还挺会享受生活。

在门铃应答器旁边的桌子上，放着固定电话和传真机。大型液晶电视下面的柜子里，则放着主机型的游戏机和录像机。墙边的储物柜上整齐地摆放着一些玩偶。有猫、狗、熊、海豚、狮子……在其中，也有我们做的那只泰迪熊。

"总而言之，先大概讲一下经过吧。慢一点就好，外面的天气太冷了，你还是喝点红茶吧。"

我在茶水室中准备了红茶，她往杯子里放了三块砂糖，将红茶捧在手中。也许是甘甜的液体流入体内，让她的大脑终于开始运转，她这才断断续续地开始说了起来。

"我先查找的，是那个'基础音'的来源。能够发出那种声音的是什么呢？首先，我想到的是房间中的电器。像是空调、按摩椅、大型的液晶电视、门铃应答机、固定电话、传真机，还有游戏主机……"

"我以摆放着泰迪熊的储物柜的位置为出发点来思

考。我所听到的那些细微的声音，应该是以窃听器为圆心，半径十米范围内的物品发出的。不过因为是由窃听器转录的，所以声音的精度也被降低了，这一点也是可以预判的。"

"不愧是你。只要离了两米远，我就听不到了。"

听到我的玩笑，她终于微微笑了起来。

"我将窃听器录到的声音，提前下载到了 iPod 里，当时我戴上耳机一边听着，一边将起居室里的电器一一插上电源，进行比较。"

她闭上眼睛，回忆着自己当时的行动。

"首先，我排除了电视机和按摩椅。电视机的待机液晶画面，几乎不会发出任何声音。调到没有播放节目的频道时，那种似乎是由光而产生的、不可思议的声音，是显像管电视所特有的声音。按摩椅也是一样，马达发动的声音和滚轮的声音，因为滚动的位置一直在发生变化，所以声音并不是一直维持同一状态的。"

"我又听了一遍窃听器的录音，我觉得，那像是一种电器在呼吸一般的声音。比如说，像是咬着牙齿，从喉咙里吐出气息的感觉，气息在接触到牙齿的时候，稍微发生了一点颤动。我所说的'基础音'，就是带有一点那样的颤抖。随后，我打开游戏主机，还有空调进行了比较。但是都感觉并不一样。"

"是怎么回事呢？"

"是这样的……游戏机和冬天的空调,吹出的空气都是热的。暖空气和冷空气的体积和密度都是不同的。那种从齿间发出的声音,好像是带着某种抗拒感。所以和这两者有微妙的不同。比起游戏机和空调,'基础音'的呼吸,好像是从牙齿的缝隙中溜出来的一样。"

她用了好几个"好像"。应该是她在堆叠自己的推测,想方设法去准确地抓取自己的感觉。她试图努力将这些感觉化为语言,尽量让我能够理解。

老实说,我其实跟不上她那些纤细的感觉。不过我知道,她的想法是正确的,后面再去印证这些就好,现在,就让她先凭着感觉,先多排查一些线索吧。

"我再一次,从头开始听了一遍录音。我将意识集中在'基础音'上,而后,我听到了在千春的声音响起之前,'基础音'和其之外的另一种声音交错的声音。"

叮咚。

"叮咚?"

我从她的拟声词联想到了水的声音。是水进入空气,气泡从水面中浮起的声音吧?水的话……

"是加湿器吗?"

"没错。我在储物柜里搜索,最终找到了一个小型加湿器。当时房间里只有电视机的后面还有空的插座,我将身体挤进去插好电源。因为电源线很短,而且要把加湿器放在电视机的电源线旁边,让我十分紧张,不过我还是往水箱里加了水，启动了机器……"

"结果呢，声音吻合吗？"

她点了点头。

"那么接下来，就是要找到'另一个声音'——也就是说，只在这十四秒响起的声音了。"

"然而，我却完全找不到那个声音。因为大野所长并没有听到这个声音，所以这个'声音'，应该是必须集中注意力才能注意到的，特别微小的声音。可是，尽管'基础音'是电器发出的声音，然而，却没有办法判断，这'十四秒'的另一种声音，到底是什么材质的东西发出的。"

"也并不是全无线索。从发出声音的状况，再进行具体的推测就是了。声音响起了，又消失了。总共有四种可能性。"

我从手边拿过一张白纸，用笔在上面写着。

一、声音是由凶手引发，再由凶手消去；
二、声音是无意中被引发，由凶手消去；
三、声音是由凶手引发，自然消去；
四、声音是无意中被引发，自然消去。

"啊，"美美香露出了困惑的表情，"看上去像是某种谜题一样，我完全搞不明白呢。"

"关键在于声音响起的时间和消失的时间。我将这两个声音,根据意图进行了分类。这四类分别是:意图、意图。自然、意图。意图、自然。自然、自然。从理论上来说,只有这四种可能性。"

"啊。"

美美香含糊地回答着,看来她的大脑还没有理解我所说的话。

"首先,先来讨论第一种'声音是由凶手引发,再由凶手消去'的可能性。这一点很好理解。比如说,是在案发现场,凶手不小心撞到了什么证据物品,所以慌慌张张地打开了吸尘器一类的物品。"

"啊,原来如此。我有点理解所长说的话了。但不可能是吸尘器。因为所长的耳朵什么都没有听到,所以这种会发出比较大噪声的机器,我都排除在外了。"

"嗯。但是这段声音只响了十四秒。除了吸尘器以外,我很难想到其他电器。"

"接下来,是第二种'声音是无意中被引发,由凶手消去'的可能性。这种推理与十四秒的时间幅度相吻合。突然发出的声音吓了凶手一跳,于是他慌慌张张地把声音消掉了。比如说,像是新型的电视机所特有的定时观看功能一类的。到了指定时间,电视机就会自动打开,播放主人之前预约过的节目。"

"正当凶手杀害被害人时,被突然打开的电视机吓了一跳。他花了十四秒找到了电视机遥控器。有这种可能吗……"

她摇了摇头。

"不，这不可能。我试着打开过电视。它和加湿器之间的声音并不能形成不协调音。"

"啊，而且从窃听器内部隐藏的时钟来看，关键的不协调音，是在下午四点十三分响起的。没有电视节目会在这种非整点时间开播。"

面对着快速推理的我，美美香露出了吃惊的表情。

"在第二种可能性中，哪怕是类似门铃应答器响了一类的情况，首先凶手必须先听到声音，然后才会想到要去消去声音。要消去声音，其先决条件就是凶手首先能够听到声音。也就是说，凶手只可能是个像你一样，听力非常好的人。所以，前两种可能性，都可以被排除了。"

"所长，你的思考方式一直都是这么细致的吗？"

"这只是用来补充你的特殊能力的嘛。本来也没想着让你感谢我，倒是也不用这么吃惊。"

听到我这么说，美美香因为不满而鼓起了腮帮子。

"第三种可能性，'声音是由凶手引发，自然消去'。这一点则意味深长。如果是这样，就意味着，这个声音的响起，在凶手的杀人计划中是有意义的。比如说，有人给凶手的手机打了电话。从手机中发出的微弱的声音，我的耳朵很有可能无法捕捉。但是因为电话没有打通，所以对方挂断了电话。这么说也符合逻辑吧。

"又或者是自动计时的某种东西发出了声响。比如厨房里常用的计时器，在响了十四秒后自动停止了。八音盒也是类似的东西。它是出于什么人的主观意愿被触发，但是自然而然地停止了。

"但是计时器和八音盒的声音都很大，所以应该是别的什么带有计时功能的装置吧。然而，不管是出于什么样的主观意图，为什么非要在杀人现场设置计时装置呢？

"……会不会是杀人装置？"

我不由得看了一眼美美香，她有些无地自容地垂下了眼睑。

"第三种算是有一定的可能性。我们再来看看第四种推论吧。那就是非主观意图的响起，自然消失。接着刚才的推理，结合声音本身十分细微这一点进行考虑。"

"……可是，这种声音的类型，是不是也太广了？"

"没错。因为这不属于凶手意图，所以没法进行限定。声音响起时，凶手也完全没有注意到，这样也很合理。极端地说，甚至有可能是，山口听到的窗外的鸟叫声，或者是天花板上老鼠的脚步声。"

"那样的话，就没法成为锁定凶手的线索了。"

"是啊。"

我抱起胳膊，沉吟了一会儿。

"只能在第三种类型中,再考虑一下别的情况了。不,我们先换个方向。关于那个声音,有没有其他值得注意的地方?"

"其他……"

"要不要再通过山口你的表述,重新回顾一遍整个流程?"

"好的……"她闭上眼睛,"首先,我听到的,是门打开的声音。"

"接下来,是脚步声。渐渐变大的脚步声。那种声音,与我们拜访时穿的拖鞋走起路来的声音相似。

"'哎呀,怎么了?'接着传来女性的声音。应该是千春的声音。到这时,脚步声停止了。

"'你——'接着是千春慌乱的声音。再就是地板上粗暴的脚步声。应该是两个人发生了搏斗吧。还有撞到墙壁的声音、千春低沉的呻吟声。

"就在这里,我听到了那个不协调音。"

"我明白了。之后我们再详细讨论。请你接着说。"

"好的……接下来,我再一次听到了脚步声。咚、咚,是固定音量的——"

"你说什么?"

我的声音不由得尖锐了起来。

她睁大了眼睛。因为我的声调,她意识到了什么,开始有些不好意思。

"不，对不起。不过——你刚才说什么？"

"是有固定音量的脚步声……"

"那是穿着客用拖鞋的声音，没错吧？"

"嗯，是的。是有棉毛质地缓冲了一定重量的感觉。因为今天我也实际穿了那双拖鞋，所以应该是那个没错。"

"你刚才说的是固定音量吗？"

"是的，不管是音量还是节奏都是固定的……"

"你还记得，自己最开始是怎么说那个脚步声的吗？"

"咦？嗯……我说，穿着客用拖鞋的脚步声渐渐变大……"

我不由得吞了口唾沫。

我全明白了。不管怎么质问，不管如何检验……我已经完全理解了整个事件中的所有问题。

"山口。"

"嗯。"

她用胆怯的声音回答。

"你在起居室调查的时候，有在沙发上坐下过吗？"

"咦？嗯。因为我想踏踏实实地听一下声音，所以就坐下来听了……"

"你坐下去了吧。"

"是的。"

"那时你有没有注意到什么。那个沙发有没有什么奇怪的地方?"

"沙发……?"她歪着头问,"啊,说起来,我在坐下去的时候,感觉屁股挺疼的。坐下去很硬,感觉像是弹簧的部分坏掉了一样。声音也钝钝的……"

"太棒了。你超厉害的。"

我站起身,穿上外套。

"等一下所长!你要去哪儿?"

我回头一看,美美香正站起来,探出身体,一脸愣住的表情。

"我出去买点东西,马上回来。"

"请等一下,你知道那个不协调音到底是什么了吗?"

她那副慌慌张张的样子有些好笑,不过我还是心情爽快地回答她:

"那个啊,我马上就能告诉你。"

5

大野离开后，留下我一个人发呆。

我们去过国崎家后，回到事务所时还是上午，而现在则已经是晚上七点了。因为事务所里已经没有要做的文件工作，此时我也准备回家了。

为什么那个人没有对我进行任何说明就离开了呢？我有种自己被对方看轻了的感觉。

接下来，我的心中产生了一种不安。

如果这一次又是我弄错了呢？我会不会，再次错误地使用了自己的能力？就是因为我的错误，他才把我留在了这里。

这时，事务所的门打开了。

"我回来了！"

那是一种有些拖长的音调。我回头一看，是深泽调查员。

"辛苦了。你那边的调查结束了吗？"

"嗯，其实我也是受大野之托，正在和美美香调查同一起案件。"

"咦，是这样？"

深泽虽然会在大野面前使用敬语，但也许是因为只比我大两岁，所以和我相处的时候，语气会稍微随便一些。

"是啊。就是那个新的出轨案的调查嘛。大野给我打了手机，让我去查了黑田和间宫这两个嫌疑人……那家伙，真够会使唤人的。"

"就是啊！"我笑了起来，"要不要喝杯咖啡？"

"嗯，给我来一杯吧，谢了。"

我去泡了两人份的咖啡，端回到接待室，和他面对面坐在沙发上。

"嗯，你都调查到了什么啊？"

"啊，对了。我按照大野的指示对他们进行了询问。我装作去参观健身房的样子，找到了黑田。对于间宫嘛，我装成是销售调研的工作人员。"

按照指示啊。大野刚才一脸突然想到了什么的样子离开了事务所。这种时候发出的指示，应该是有非常重要的意义吧。

可是，那样的话，直接指示我就好了嘛。也许是因为，他考虑到了我现场调查的经验不足这一点吧。

"那么,都问到了些什么呢?"

"首先,是黑田。关于他在事件当天的不在场证明,还有他学生时代的运动项目。"

"运动项目?这和案子有什么关系呢?"

"不知道啊,"深泽耸了耸肩,"黑田说话很开朗,虽然有些粗鲁,让人不太舒服,不过也许,千春就是喜欢他这一点吧。"

深泽抱怨道:

"他是个很自我主义的人。喜欢由自己来主导谈话。他大学时加入的好像是徒步旅行社团。我听了半天他当时的英勇事迹呢。真是输给他了。关于事件当天的不在场证明,我假装闲聊打听了一下。黑田在案件发生的当天,似乎是请假了,据说是因为身体不舒服。所以现在警方也正在怀疑他呢。"

"嗯。那么,间宫那边怎么样呢?"

"我装成销售调研,给她看了那个泰迪熊,这也是大野的指示。虽然最开始她拒绝了,不过我劝说了几次之后,她好歹让我进了家里,我总算松了口气。"

"她是个什么样的人呢?"

我之前,只隔着门听到过她的声音。

"嗯,长得很漂亮。知道自己的武器是什么吧,在和我说话的时候,也好几次将脚来回跷起来。"

深泽摇了摇头。

"……可是，她的反应非常自然。我把泰迪熊和其他的东西混在一起给她看，她脸上的表情非常明快，说着'啊，挺可爱的'。完全没露出吃惊紧张，或者是支支吾吾的反应。"

"那会不会是她的演技呢？"

"那样的话她可真能去拍戏了。"

可是，听了深泽的话，我还是没有搞懂，大野让他去询问这两个人的意图。不过在这时，让他去询问两人，应该是有什么意义吧。

我还是搞不懂大野的想法，有些难过。

深泽抱着胳膊，歪着头说：

"……说起来，大野所长和美美香这边，进展如何了呢？"

我心中十分郁闷，所以也想让他听听我的烦恼。

"凶手应该是一直在走，但脚步声的音量却是固定的……大概是这样吧？"

"嗯？"

他露出了好像受到了什么冲击一般的表情。

"怎么了……你为什么突然说这个？"

"没有。我是按照所长所说的，听了那个案子的窃听器录音。"

"啊，是那个啊。"

"嗯。所长被警察当成了嫌疑人,所以很不服气。"

"哈哈。美美香也辛苦了。"

深泽拿着咖啡站了起来。"我再去冲两杯咖啡。"他一边这样说着,一边往我背后的厨房走去。

"是的,然后,在录音的中间部分。"

我没有跟深泽说过自己耳朵的事,所以我按下了不协调音的问题。

"脚步声的音量听起来是固定的……音量和节奏都完全没有变化。你觉得这是怎么回事呢?在我看来——"

这时,我听到了自己熟悉的脚步声。

那是暗自下定决心时,充满了紧迫感的脚步声。

嘀,嘀,是手表秒针的声音。

我最近,在哪里听到过这个声音。特别是脚步声。虽然音色不同,但是节奏与呼吸相似。

我突然向前摔倒。

"呜。"

我的肩膀撞到了桌子上,感到一阵痛。我微微抬起头,发现深泽正喘着粗气,拿着铁棒,站在我的面前。

"……你的直觉很厉害啊,美美香。"

"深,深泽君?"

"啊,我还以为没人会注意到呢。你刚才说的话,还没有对任何人说过吧?"

我心里犹豫着,到底要不要告诉他,我已经对所长说过这件事了。

"我也是没办法啊。那个女人,一边和我相好,一边和那个肌肉男搞婚外情。所长接到调查委托时,我听到他们的名字,就意识到了。我跟踪她的时候还真是吃了一惊……明明结了婚,还同时出轨两个男人。在调查过程中我已经濒临崩溃,不过因为我是专业人员,所以我姑且先忍耐了下来……"

深泽挥了挥手中的铁棍。

"可是,最后我还是没法原谅她……所以,我去找了她。本来我是想和她好好交谈,然而最后还是吵了起来。然后我就把她撞倒了。她的头撞到了床头,就一动也不动了,真的吓死我了……我本来没想杀她的……"

"深,深泽君,你到底在说什么啊……"

他露出了一副茫然的表情,仿佛在说什么很自然的事情,那副样子,也不知道该说是可爱还是可憎。随后,他的表情扭曲了,接着,他开始大声笑了起来。

"咦……?你明明说出了脚步声的问题,却没有意识到吗?那样的话,你还真是会给自己惹麻烦啊……"

我的身体不由得颤抖了起来。我感受到了此前从未体验过的恶意。

我的腿根本就站不起来。就算站了起来,也没法逃走。对方那张平时熟悉的脸,现在已经因为愤怒和嘲笑而扭曲,变得十分恐怖。他在我面前挥动着武器,那股想要将我处理掉的恶意，让我全身毫无力气。

"不……别过来。"

我摇着头。深泽脸上的笑容更加扭曲了。

"救命——"

正当我闭上眼睛时，我听到了某人的声音。

"真遗憾啊，深泽。"

哪怕我闭着眼睛，也马上意识到了。这是我所熟悉的声音。那是平时总是对我说教，又不愿意把重要之事告诉我的前辈的声音。

我听到自己长出一口气的声音，也知道自己终于可以不用再紧张了。

"看来最后，还是不得不用这种方式来道别啊。"

我睁开眼睛，看到的是一脸怒气的大野，正抓着手里挥着铁棒的深泽。大野后面，则有两名穿着警服的警察。看来是大野叫来的。

深泽的身体瞬间脱力，就这样跌落在地上。

我们将深泽交给刑警，过了好一会儿，我的情绪才终于冷静下来。大野一句话都没有说，只是安静地坐在我旁边，等待我自己冷静下来。

"大野所长。"

"怎么了？"

他的声音永远都是这么温柔。

"你刚刚……突然跑出事务所,是要去做什么啊?"

"啊,这个嘛。"

他站起身,走出玄关。过了一会儿,他抱进来一只大大的箱子。

"我向询问我的刑警提供了一些信息之后,就去买了这个。这是我从二手家电行里买的固定电话机。"

"为什么要买这个呢?"

"这和国崎家的复合机型号是相同的。这是通过调查你之前拍下的国崎家的照片知道的。"

"所以说,为什么要买它呢?"

"是为了实验。设定这个要花上一会儿时间,要不要先喝点热的休息一下?"

他这么说着,过了三十分钟,他对这台二手的电话传真机进行了基础设置。因为刚才那件事的打击,我有些心神不宁,这时的等待也让人焦躁。

"好了,完成了。这样,山口。现在用iPod播放录音,放到只有加湿器声音的部分。"

我已经连提问的力气也没有了,只能按他说的照做。我开始播放录音。一想到这个之前听到的脚步声是深泽的,就感觉越发冷了起来。

"就像之前所说的,关于声音,只有四种解释。一、声音是由凶手引发,再由凶手消去。二、声音是无意中被引发,由凶手消去。三、声音是由凶手引发,自然消去。

四、声音是无意中被引发，自然消去。之前山口也说过，最后一种声音范围太大，然而这却真的是正确答案。声音是在凶手不知情的情况下，自然响起，自然消去的。可是之后，凶手意识到了这个声音曾经响起过。这个声音的确是重要线索。"

大野的话，仍然谜团重重。

这时，突然间，一股强烈的不协调音传入了我的耳中。

（这是——！）

头疼和一股想要呕吐的感觉向我袭来。我的身体蜷缩了起来。

"关掉录音。"

听到他尖锐的声音，我马上按下了 iPod 的停止键。当加湿器的声音消失时，我的身后，传来了传真机吐出纸张的"嘀嘀嘀"的声音。

"不好意思，用山口的身体做了实验。也就是说，这个不协调音正是传真机的信号干扰了加湿器所造成的。"

我张大了嘴，而大野则微笑着站了起来。

"我来按顺序说明吧，为什么我会发现深泽是凶手。首先，是关于我们所关注的不协调音。就像刚才你听到的那样，那个声音，是传真机和加湿器的声音混合产生的，而这样就产生了一个矛盾，为什么我的耳朵听不到传真机发出的声音呢？"

"啊……"

没错。我们听到的是国崎家的传真机,是比较老的机型了,所以声音其实相当大。以这台机器和泰迪熊的位置而言,窃听器应该可以清楚地录到它的声音。

"但是,我只能相信山口的耳朵。所以我就认定,案件是发生在只有山口能够听到,而我听不到传真的状况下。"

"然后呢——?"

"总之,在能够听到微弱传真声的基础上进行推理。如果是隔着门,那么细微的声音,我注意不到也不奇怪,因为那个房间的加湿器声,我不去仔细听也很难注意到。在这种情况下,对于听力一般的我来说,可以说是无音的状态,而对听力非常好的山口来说,则是听到了不协调音。没错吧?"

"确实是这样。可是所长,窃听器就在起居室里啊。电话传真机也是。在这种情况下,窃听器不可能录不到传真机的声音。"

大野的脸上浮现出笑容,而后点了点头。

"那是因为,我们搞错了前提。如果窃听器真的在起居室里,录音就不可能像我们现在听到的那样。然而,窃听器录下的声音确实又是那样的。那么结论就是窃听器并不在起居室中。"

"啊?"

也许是觉得我的反应很有趣，大野一脸开心的样子。

"其实窃听器，录到了国崎千春和黑田亲热的声音。山口也听到了吧。"

我的脸不由自主地红了。我问着"那又怎么样"的语气，明显生硬了起来。

"那时，窃听器里录到了弹簧的声音吧。然而，就像山口自己所说，起居室里的沙发弹簧已经坏掉了。山口实际坐上去的时候，发出的声音并不是那样的吧？这样一来，那个声音又是在哪里录下的呢？"

"啊……"

仔细一想，的确是这样。所以所长才会在那时问我沙发的事。

"加湿器的电源线很短，只能放在电话机和电视机旁使用。然而，把放着水箱的加湿器放在这里，还是有点使用不便。我想到，也许加湿器，并不是在起居室里用的。"

"难道说，是在千春的卧室？"

卧室里也有带弹簧的床。沙发的矛盾解开了。

"没错。因为是便携式加湿器，千春能够随意移动它，在想加湿的地方使用。当她在起居室时，就在起居室用。当她在卧室时，就在卧室用。山口在调查起居室时发现它，只不过是千春死后，昭彦重新收拾过后放在那里的。我向警察确认过了，千春死时，加湿器的确是在卧室里。"

"也就是说,所长,杀人现场,其实是在千春的卧室。加湿器在那里工作,并且被起居室的传真声所干扰。所以,所长才几乎没有听到不协调音。"

"嗯,是的。"

"可是,这样一来就很奇怪了。在窃听器录到的声音的最后,有某种搏斗的声音,还有打破玻璃的声音,以及翻掉椅子的声音。这些声音,与尸体发现时客厅里的样子,都是一致的吧?"

大野露出了得意的笑容。

"这里就是提示了,在不协调音的后面,搏斗声的前面,你听到了固定音量的脚步声是吧。"

"嗯。当时所长对这个特别关心。"

"一般来说,窃听器录到的脚步声,通常只有两种。"

"两种……"

"没错,提示就是,窃听器的位置是固定的。"

我的脑中突然闪过了什么。

"是从远到近的脚步声和从近到远的脚步声。"

"是的。从远到近的声音会越来越大,从近到远的会越来越小。因为录音装置的位置是固定的,所以这也是理所当然的结论。"

"所以说,固定的脚步声是……?"

"没错。这意味着,窃听器和脚步声,一直保持着同样的距离。也就是说,凶手在行走时,是拿着窃听器的。而且,我们既然已经对不协调音产生了疑惑,就可以知道,凶手是从杀人现场的千春的房间,将窃听器移动到了客厅。在这种情况下,自然也不可能将窃听器踩坏。"

大野接着说道:

"窃听器是被藏在泰迪熊里的。也就是说,凶手是在杀人现场拿着泰迪熊进行移动的。可是,在杀人的过程中,泰迪熊到底有什么作用呢?答案只有一个。那就是凶手为了伪造现场,需要利用窃听器,因此才必须移动它。而那些搏斗的声音,只不过是凶手的自导自演。也就是说,凶手是知道泰迪熊里藏着窃听器的人。而知道这件事的,只有我们事务所的人。首先,可以将对此事一无所知的山口排除。接下来,就像警察确认过的那样,我也因为在调查别的案件而拥有不在场证明。所以说,凶手就是将窃听器安置到国崎家的人——深泽调查员。

"通过在窃听器里留下的脚步声,我们就能够追及他的行凶经过,让我们来看看整个过程吧。"

我还没从刚才的冲击中平静下来,大野便开始继续说明。

"首先,是准备阶段。我必须先确定,千春是不是将泰迪熊拿进了自己的房间。因为泰迪熊之前一直都放在起居室里,也许是因为喜欢吧,她将泰迪熊拿进了卧室。我也和警察对录音进行了确认,发现窃听器确实录下了千春带着泰迪熊移动时'固定的脚步声'的内容。就在事件发生的头一天。"

应该就是在确认这些内容的时间,我被凶手袭击了。想到这里,我有些生气起来。

"凶手发现了千春劈腿,同时跟包括她丈夫在内的三个男人有染的事实,便燃起了怒火。他来到千春的房间时,千春对他说'啊,怎么了',从这里可以看出,他俩是相当亲密的关系。

"然而,因为发现深泽的异样,千春起来应战,和他展开了搏斗。而后深泽将千春撞倒,千春头部撞到了床头而死亡。在窃听器里留下的,撞到墙壁的声音就是这个。

"那时深泽应该很紧张。因为装入窃听器的泰迪熊,被千春带到了房间里。在这之后的无声状态,应该是他正在屏住气息思考,应该如何应对这一状况。"

"在这时,不协调音响起了。"

"是的。那是千春卧室中的加湿器,被起居室中传真机的信号所干扰。我们去国崎家拜访时,国崎昭彦曾经在电话里说过,同事会通过传真给他发送社团活动的宣传单。这一点,我们之后再说。那么,紧张的深泽,开始决定接下来应该做什么。他要将杀人现场布置成起居室的样子。这是为了隐藏千春让凶手进入了卧室的事实,因为这样就可以推理出,凶手是和千春关系亲近的人。

如果被人发现，行凶现场是在卧室，那么警察搜查的方向，必然会集中在千春的男性关系方面。而案件发生的当天，黑田应该是在上班，所以搞不好他的不在场证明是成立的，这一点让深泽非常不安。不过万幸的是，头部撞击床头而死的千春，并没有流出多少血。

"而后，他拿着泰迪熊走到起居室，一个人表演了一场搏斗大戏。他打破玻璃，打翻椅子，并且让窃听器录下这一切。最后，他将泰迪熊扔到地上，弄成是凶手不小心偶然间踩坏的一样，破坏掉了窃听器。"

"为什么要破坏掉呢？"

"是为了不让之后的声音被录下来。比如他将千春的尸体从卧室移动到起居室的声音，还有用高尔夫球棒击打千春的头部，伪造死因的声音。因为千春早在卧室里，就已经失去了生命反应。"

我不由得吐了口气。

"可是，如果像所长所说的这样，那么逮捕凶手的证据又是什么呢？"

"啊，在现场的垃圾箱里找到了，是被撕坏的传真纸。"

"传真纸……"

"今天我们去拜访时，国崎接到了同事的电话，说是应该已经送来了传真。可是，国崎却一脸并不知情的样子。这是为什么呢？"

"因为传真没有送到吗?"

大野一脸吃惊地叹了口气。

"在窃听器的录音中,残留着传真机微弱的声音,证明这一点的不就是你吗?"

"啊,是啊!所以,传真机确实收到了传真。可是,国崎昭彦却没有发现,难道说……是凶手处理掉了吗?"

"没错。在伪造完行凶现场之后,深泽看到传真脸色大变。因为传真机上,有发送传真的时间记录。上面清楚地显示着,传真就是几分钟之前发过来的。所以,他将发送的记录删除,并且不得不将传真纸销毁。"

"为什么呢?"

"因为他要制造窃听器一直摆放在起居室里的假象啊。"

啊,我发出声音。

"如果不销毁传真,而窃听器里没有录到传真声就会很奇怪!"

"是的。本应该被录到的声音却没有录到。这样一来,他伪造犯罪现场的事实,就很容易暴露了。"

原来我什么都没有发现。我思来想去,到最后却是无地自容。

"因为我对自己的推理和你的耳朵,有九成以上的信心,但是要让警察行动,还是得让他们找到传真纸,来证明我的假设。好在虽然那张传真纸已经被撕烂,不过上面的发送时间，还能清楚地辨认出来。现在警察，正在千春的房间里调查，看看能不能找到血迹或者其他线索。"

"原来如此……"

看上去，所有的谜题都解开了。然而，我又想起了一件事。

"等，等一下！既然你已经知道了，深泽调查员就是凶手，那么为什么，今天还要让他去追加调查呢？让他去问黑田过去的运动经历，还有让他去给间宫看泰迪熊，这到底是为什么……"

"嗯？"大野若无其事地说道，"其实只是因为，我不想让深泽待在事务所附近。因为我要让他在我找证据的这段时间里，尽量避免和山口接触。"

"……那样的话，直接让我回家不就好了吗？"

"啊……"

大野惊呆一样地张开嘴，露出一脸"糟了"的表情。

我感觉浑身脱力，一句话都说不出来。

我和大野对视了一眼，大野也露出了无力的表情。他一定也像我一样吧。就这样持续了好一会儿，也不知道是谁先打破了沉默，我们俩一起高声大笑了起来。

"这次的事件，已经没法向国崎索取报酬了。毕竟是我的部下作案。"

"那还真是影响生意啊。"

"是啊。而且把深泽炒了之后,还得雇用新的调查员,又是一笔开销。损失大了。"

"还有三千二百块。"

"嗯?"

大野露出了疑惑的表情。我微微笑了起来。

"这次的事件,让我回忆起了过去的事。那是上大学时,我跟你说出我耳朵的能力的那天,我们两个去喝酒来着。"

"啊……还真是怀念啊。"

"那时,是所长先喝到不省人事,明明酒量很差还拼命喝。所以那天的酒钱,是我替你付的。"

大野笑了出来。

"啊,你还真是想起了多余的事。那你还真是亏大了。"

大野长叹了口气。他应该也很累了。被部下背叛,原因竟然是由自己接下的调查委托。

"要是你把钱付了,我就继续在这里工作。接下来,想要重整旗鼓也有很多事要做呢。我的行政工作能力和我的耳朵,应该能帮上所长的忙。怎么样?"

面对我的玩笑话,大野笑了起来。那是自信满满的笑。

那是前辈一直以来的笑容。

"成交。"

7
现在

"可是我以为,经过'泰迪熊案'之后,所长应该也会有所反省呢。"

"你怎么突然说起这个了?"

我们从山间的旅馆回到东京。走在回事务所的路上,嘴里说话时吐出的气息,都变成了白气。

从那个案子之后,已经过了一年时间。

"明明是所长让我想起来的不是吗?在那起案子里,我的发言太轻率了。因为我完全没有考虑到,深泽就是凶手的可能性,是我欠考虑了。可是所长的考虑也不够稳妥。只要让我回家,就不会有被袭击的危险了。"

大野挠了挠头。

"……真是不好意思。可是,这件事已经说了好多次了——"

"不管说了多少次,都是不够的,"我做了个鬼脸,"这件事我要念叨一辈子,你就做好觉悟吧。"

打开事务所的门,我们新录用的调查员——望田出来迎接我们。

"两位都回来啦!欢迎回来!你们还真是狡猾啊,两个人背着我去温泉玩。"

"回来啦。我都说了好多次,我们是去工作的。"

"不过确实泡了温泉。"

听我这么说,望田又悔恨地跺了一下脚。

我将行李放在了自己的桌子上。我的桌上,现在还摆放着那起事件里的泰迪熊。当然,事件现场发现的那一只,已经作为证物交由警察保管了,我桌子上的这只,只是外表一样的产品。在整理深泽的私人物品时,我们又发现了几个泰迪熊。他一定是为了练习在里面隐藏窃听器,而同时购买了大量同样的产品。

望田走向厨房去给我们冲咖啡,我再次看向所长。所长已经脱下外套,坐回了平时的所长席。

"……可是所长,我重新考虑了一下。"

大野回过头,扬了扬眉催促我继续说。

"我的耳朵,其实并没有什么特别之处吧。"

"怎么事到如今才说？"

"请不要开玩笑嘛，"我说道，"我的听力很好，但我却没有推理能力。所长的头脑很好，听力却很普通。所以说，我们只是补足了对方的不足之处而已吧。"

大野睁大了眼睛，看了我好一会儿。

而后轻笑了一声说：

"山口的耳朵，只有在特定的时候才能派上用场。但我的头脑，却随时随地都能发挥作用。你这么说也太不公平了。"

"听到你的话，我倒是有点高兴呢。发声前，你的气息在到达牙齿前，气势比平时更强，同时气息也比平时要更乱一些。还有你鼻子里哼出的笑声，应该是努力勉强发出来的吧。"

所长瞪大了眼睛。而后叹了口气，摇了摇头。

"你连这种事都知道啊。"

我"嗯"了一声，然后马上露出了笑容，轻轻扯了一下自己的耳朵说：

"因为我的这里，是与众不同的嘛。"

逃离第13号船室

"无论什么事，都应该有其理由，"福翠尔一边说着，一边咬了一口坚硬的小蛋糕——在他看来，这是英国人唯一应该吃的食物，"然而这世界上，并不仅有平常之物——特别是在'泰坦尼克号'上。"

　　　　　　　　马克思·艾伦·科林斯《泰坦尼克谋杀案》
　　　　　　　　　　　　　　　　　　（羽地和世译）

规则

海斗(我)晚上10点
游戏开始之后4小时

这应该是个愉快的游戏吧。
可是为什么会这样呢?

我的头很重,大概是什么地方被人殴打过。
我的手被绑在后面,身体无法动弹。我的头上套着一个袋子一类的东西。呼吸困难。对黑暗的恐惧也助长了我的焦躁感,我不会就这样死掉吧?胃部像是被什么东西绷紧了一般的感觉向我袭来。

这里是哪里？为什么我会在这里？

我感到了轻微的晃动，这种晃动不同于地震，而是来自船上。直到刚才为止，我都在一艘客船上。虽然不知道自己的具体位置，不过现在应该还是在船内吧。

突然间，我的手腕感觉到了某种温暖的触感。

我的身体颤抖了起来。

是谁？是把我打昏的人吗？还是说是来救我的人？

啪啦，一声激烈的声音响起，我的手腕上感觉到了一股敏锐的疼痛。我不由得呻吟出声。那种麻痹的感觉仍然残留着，但是我的手腕被松开了，现在可以活动了。

有人来救我了吗？

我很快将头上的袋子取了下来。这一瞬间，我产生了一种强烈的解放感。我深呼吸了一下。

房间中十分明亮，我一瞬间有些头晕目眩。

"你没事吧？"

我听到了某个声音。那是有点尖的声音，分不清是男是女。接下来，我视线的焦点，终于对准了对方的脸。

站在我面前的，是一名少年，我之前见过他。

"是优君……？"

这是我朋友的弟弟优。他一脸担忧地看着我。

"是你把我的绳子解开的吗？谢了。这里到底是……"

"应该是某个船室吧……我也是刚刚才醒过来的。

可能因为我是小孩子,他们没有把我绑起来,我就先把海斗哥叫醒了。"

我站起来打量着室内。房间里有一张简单的床和书桌,还有个小小的衣柜。虽然内部装修得还不错,但是比我本应该住的 B 级船室倒是要差一些,可能是 C 级船室吧。

我将手搭在出入口的门上,向下拧动门把手,推拉了一番。打不开。看来是从内侧怎么转都打不开,这样的话应该是从外侧上了锁吧。也有可能是外面摆放了某种路障把门堵住了?

窗户呢?我看着圆形的船窗。可惜窗户是被钉死的,通过窗子向外看去,只有一片大海。外面是一片黑暗,眼下的大海也是黑漆漆一片。看起来大概是到了晚上吧。从我被打昏到现在,已经过了多久呢?

"我们被关起来了⋯⋯"

我将内心深刻的绝望,脱口而出。

我是在船内——所谓的"案发现场"附近的走廊站着的时候被打昏的。

我当时正站着和优说话。那时,有人从背后将我的两只手绑了起来。那是一个身材健壮,穿着船员制服的男人。从他的短裤能够看出,他的毛发相当浓密,给我留下了深刻的印象。当时我也反射性地感到了某种不祥的事情即将发生。我对优大喊"快跑",同时自己的脑袋上被人套上了袋子，被剥夺了视力。

那之后的事，我都不记得了。大概是在被弄晕的时候下了什么药吧。

监禁。这个词浮现在我的脑海之中，我的身体颤抖了起来。

这到底是怎么回事？

我们到底，为什么会被卷入这种事？

我的脚边，有两只手提式的半透明文件袋，分别是我和优的。

这是我们在登船时，被配发的人手一册的"解谜套装"。而在文件袋的表面上，印着"名侦探 樱木桂马 逃离豪华客船"这闪闪发光的文字。

这是一次两天一夜的船上旅行。本应是一场沉浸在推理之中的快乐的逃脱游戏。

可是为什么，会变成这样？

* 下午5点30分
距离游戏开始还有30分钟

"这艘船真大啊！"

我不由得脱口而出。

港口上，一大群人涌上客船。

潮湿的海风轻抚着流着汗水的皮肤。我们被海水的味道所包围，一下子就变得兴奋起来。

现在是九月份，从季节上来说已经入秋，天气却仍然炎热。白天的持续时间渐短，此时的太阳，已经开始落下海岸线。

港口只停泊着这一艘客船。船上有上百间客房，说是豪华客船也不为过。从吃水线到最上层甲板大约有七米高，从船头到船尾长约五十米。从网站页面上的信息来看，我们登船的地方是第三甲板，再往上则是第二甲板、上层甲板、最上层甲板。如果用建筑物来形容的话，应该算是四层建筑。

我还是第一次坐船，心情无比兴奋。

在舷梯的位置，有一位女性客人正在出示邀请函。

这种两天一夜的东京湾巡回游，对于身为高中生的我来说，可谓相当奢侈了。

"好厉害啊，没想到还能在船上搞这种逃脱游戏。"

"不愧是名侦探樱木系列。可能这样比较容易让我们沉浸其中吧。"

两个看上去像是大学生模样的男生，一边说着，一边从旁边走过。

在他们身后，则是乘船的队列。每个人依次取出邀请函，然而那些邀请函，都是没有金边装饰的。

看来所谓的特邀玩家……是玩真的啊！

我手上的邀请函，上面写着"特邀玩家 猪狩海斗先生"的字样。

这次我参加的，是由逃脱游戏公司"BREAK"主办的新作试玩活动。这次的活动，与推理小说家绿川史郎的人气系列作品合作，并且邀请绿川为这部游戏创作了剧本，可以说是个相当大的策划。

"真是没想到啊！说是新作试玩，我就抱着试试看的心态申请了，没想到真被抽中了。竟然还能坐上这样的豪华客船，也太幸运了吧——"

"看来这活动花了大心思，BREAK 也对这次的游戏抱以厚望吧。同时，还得调整游戏的难易度。"

"因为这次，也会有对逃脱游戏几乎毫无经验的绿川读者粉丝来参加嘛。你看，那个女人就是吧。"

我顺着他指的方向看去，有一名女性，身穿绿川出道五十周年的纪念 T 恤，背包上还别着大量樱木徽章。看起来是个忠实的粉丝读者。

"看来玩家群体也是完全不同啊。老实说，应该不会把游戏难度设定得太高吧。"

男人一边晃着肩一边笑着说道。

这次试玩活动的玩家，是通过两种方式邀请的。一种是公开招募申请，这对大学生二人组便是这类玩家。而另一种则是"特邀玩家"。在过去一年里，BREAK 会从自己主办的活动中，选出成绩优秀的玩家送出特别邀请函。

我们在接待处将邀请函交给主办方。工作人员则交给我们一个装着解谜套装的透明文件袋和船票。"套装中，有写着名字的答题纸。"对方补充道。

登上船舱，厚实的绒毯和闪闪发光的枝形吊灯映入眼帘。这就如同是一所能够在海面上移动的酒店一般。船员们也打扮成水兵的样子，穿着半袖的水手服，眼前的一切，让我有一种穿越到了异世界的感觉。

"这里是为本次活动准备的服装，请穿上它参加游戏。"

一个打扮成管家样子的男人，递过来一只褐色的贝雷帽和一件轻薄的上衣。上衣上印着号码，有点像是参加运动会时穿的。不过衣服是那种带有格子的时尚设计，应该说是更像马甲吧。和帽子搭配到一起，这就是名侦探樱木的标志性搭配。

"哎呀，弄得还挺像模像样。这是为了让玩家也能化身为樱木吧。衣服料子是合成纤维做的，应该不贵，毕竟船票里也包含'周边'的钱嘛。不过作为游戏'周边'来说做得也相当不错了……"他将帽子戴在头上笑了起来，"怎么样，是不是很像名侦探？"

"超合适的！"

另一个大学生也大声地笑了起来。

我将视线落到自己手中的贝雷帽上，这个上面也绣了金边。看来活动的主办方，是希望让大家能一眼就将普通玩家和特邀玩家区别开来。我感觉有点不适,特意将帽子拿到了身后。

"请来这边检查个人物品。您没有带照相机一类的东西吧?"

我打开背包,点了点头。

"还请您提前关闭手机等电子物品的电源。"

可能是有什么观影环节吧。不过不管怎么说,逃脱游戏中禁止使用手机等物品也合情合理。再加上这次活动是提前试玩,应该也有一些防止剧透的因素在内。

"请各位走上楼梯,在A甲板的大厅中集合。请在A甲板的大厅中集合……"

单调重复着的广播引导着我们走上楼梯,来到大厅。

"哇……"

我不由得发出声音。

大厅的正面是一个巨大的银幕。大厅里摆放着几十张桌子,桌子上摆放着烤吐司和马卡龙一类的甜品点心。年龄层各异的人们围在桌边,既有看起来像是大学生的年轻人,也有三十岁左右的男女。不过几乎完全没有中学生样子的人。

在大厅里集合的一部分人,正在讨论整个活动的出资啦,自己家的产品什么的。听到这些,我想他们应该不是游戏玩家,而是这个活动的赞助商吧。看他们的年龄和打扮,并不像是热爱逃脱游戏的玩家,反而像是上流社会的先生太太。然而,他们也戴着帽子,身穿着印有号码的马甲。这种样子看起来颇为奇怪,让我不禁露出了笑容。不过这样一来,我也就不再觉得不好意思,也将帽子和马甲穿戴上。毕竟COSPLAY也能加强游戏的沉浸感,这样一来,我对游戏更加期待了。

"咦?"

背后有人发出有些惊异的声音,我不由得回头看去。

"胜……你怎么也来了?"

"啊,还真是的,没想到居然会在这里碰到你啊。"

他面带难色地向我看过来。大概是没想到会在这里碰到熟人,心情有些异常吧。

我和胜是同级生。之前在学校的考试里,我永远是第一名,胜总是第二名。这个顺序从入学以来就从未变过。我们从最开始的那次期中考试开始互相注意,后来不管什么事都会变成竞争对手,不管是学习还是考试,甚至连体育课也要比上一番。

我出生在一个相当普通的家庭,平时靠在书店打工赚零花钱,来购买推理小说,或者参加逃脱游戏,可以说是个非常普通的高中生。而胜家里则是相当有钱。对他来说,应该是从来没有任何花销上的困难。

老实说,我不太喜欢这家伙。

可是哪怕这样,我也没想到,他也会对逃脱游戏感兴趣。我跟他在学校里,从来没有聊过各自的兴趣爱好。

"哎呀，你也来打个招呼吧，这是哥哥的朋友。"

他转向自己的背后，用稍微有点粗鲁的声音说。

从他的背后，畏畏缩缩地探出一个有些茫然的少年。他的身材纤细，像是随时可能折断一般。他那苍白的脸色和充满活力的哥哥形成了鲜明的对比。

"……我叫优。请多关照。"

他将那顶没有刺绣的，普通贝雷帽帽檐压得低低的。

"因为这次活动，是我们家老爸的公司出资赞助的，所以这次我们是同时作为赞助商和特邀玩家被邀请的。我看你的帽子，应该也是接到特别邀请了吧。"

明明已经是高中生了，还用这么随便的方式称呼父亲啊。我一边笑着，一边耸了耸肩膀，显露出一副悠闲的样子。

"确实，我还算擅长这种游戏吧。"

"看来也是缘分啊。怎么样，要不要今天也决个胜负呢……"

胜干巴巴地笑着说道。

哎呀，又来了。真是输给他了，每次都是同样的话。

不过我重新思考了一下。这样也不坏，毕竟，这样也能为游戏助助兴，玩得更开心。

正当我准备回答他的时候。

大厅里暗了下来。银幕上开始投出影像。会场中瞬间发出了一阵小小的欢呼，还有人吹起了口哨。

游戏开始了。

＊晚上 10 点 10 分
游戏开始后 4 小时 10 分钟

原本应该是个快乐的游戏。

为什么，我和胜的弟弟——优，会被困在这个房间里呢？

"海斗哥……"

优苍白的脸上，露出了扭扭捏捏的表情。

"我……那时，听到了哦。那些……那些船员……"

他的瞳孔晃动着，像是想要把什么念头从大脑中排除掉一般微微摇着头。不知道他是否在抑制着内心的恐惧。

"他们说，我们被绑架了。"

绑架——

因为过于震惊，我的大脑一片空白。

绑架啊，原来如此。所以我们才会被监禁在这里。

一股恐惧感向我袭来。这是一种被卷入了犯罪行为的恐惧。为什么，这种事会落到我的头上？绑架我本来没有任何意义。然而，当我想起优的家庭时，我明白了。

也许，对方真正想要绑架的是优？

此时此刻，我心头升起了一股责任感。

我必须保护眼前的少年。他已经很害怕了,如果比他年长的我也害怕会怎么样?我必须振作起来。然而,预料之外的事态,再一次让我不安了起来。

"怎,怎么办?海斗哥,我们会不会被一直关在这里……"

优可怜地说道。

"我们会不会被杀掉啊?因为我们已经看到罪犯的脸了,会不会直接被灭口……"

"不会的,你想象得太过头了。"我只能没有任何根据地不断给他打气。

然而,这真的全是想象吗?

一股寒意向我袭来。

必须得从这里逃出去。

我必须带着优,一起逃出去。

真是难办啊,我不由得嘀咕道。明明是来参加逃脱游戏的。这本应是个充满游戏性,享受斗智快感的游戏。

我明明很擅长这样的游戏。

然而现实却与愿望大相径庭。

现在已经到了必须逃脱出去的事态了——我的本愿并非如此啊。

第一问

胜（兄）晚上 8 点 30 分
游戏开始之后 2 小时 30 分

大大方方地待在这里就行了吧。

我在内心对自己这样说着。

游戏的参加者们，聚集在 A 甲板的食堂里。现在已经是晚饭时间了。大家都想要愉快地度过这一夜。有人打算填饱肚子之后开始好好解谜，还有人打算吃完饭后，去船里的酒吧享乐一晚。总之，愉快度过这一晚的方式，也是因人而异。

船上的晚饭是自助餐形式，我原本想好好大吃一顿，却几乎没什么食欲，最后只吃了一份牛排。

我喝着温热的红茶，心情终于冷静了下来。

我的视线落到了手边的纸上。

《第一问 风土玲流被杀害的时间是几点几分？》

解谜套装中，同时装有案发现场的照片。那是从走廊的角度拍摄到的船室。照片里是趴在桌子上的风土的背影。他手的下面压着一张稿纸。风土的头部有黑红色的血迹，死因是被击打而死。而在他的上方挂着一个时钟。

然而通过照片，却完全无法看到时钟指示的具体时间。

因此，第一问其实是："在船内进行探索，寻找案发现场，并且观察实物时钟。"

作为第一题还不错。

我身边两个宅男风格的男生，快速地交流着。

"第一题有点扫兴啊。"

"不，这次樱木系列的读者粉丝也会来参加活动，这种难易度才算刚刚好。而且亲自在船内探索，寻找答案，作为逃脱游戏的一环也很重要嘛。"

"也是，虽说题目简单，也必须亲自到达现场才行。现在有的逃脱游戏会设计一个整体性的大诡计，不过像现在这种玩法，也算是逃脱游戏的常规模式吧。"

没错。整体性的大诡计。由前面的多个问题给出提示，在最后进行伏线回收，展现出一个完整的诡计。

在游戏开始的时候，陷阱已经布置好了。

我回忆起了游戏开始的那一幕。

* 下午5点58分
距离游戏开始还有2分钟

我在会场看到海斗的一瞬间，大脑一片空白。

为什么他会出现在这里——

然而这种不安，在下一秒马上就被吞噬了。接下来我对他说，"来决个胜负吧"。因为以我和他的关系而言，这句话出口得理所应当。

虽然我颇有些狼狈，不过海斗是那种，只要眼前有谜题就会热衷于解谜的人。每次说到推理小说时，他都会呼吸急促，完全忽视周围的情况。只要游戏开始，他肯定就不会再注意到我了。

所以只要大大方方地待在这里就好了。

我一边喝着欢迎果汁，一边这样安慰自己。

"各位久等了。看起来这身衣服非常适合各位。"

一位穿着晚礼服的男人，出现在大厅的舞台上说道。而听到他说"这身衣服"时，我看向了自己身上穿着的这件马甲。

"请看大屏幕。"

大屏幕上出现的似乎是这艘客船的第三甲板的大厅。那是我们登船的地方。在大厅里,站着一个我眼熟的男人。他穿着卡其色的西装,留着胡子,走向摄像机。

"咦,不会吧?"

我背后的女性发出了兴奋的声音,而后则直接尖叫了起来。

"又见面了啊,樱木君。看起来,你今天和平时穿得不一样,是变装了吧。哎呀,不过只要看看帽子和马甲,我还是能一眼就认出你来。"

这位一边笑着,一边流畅地说着台词的男性,是扮演樱木的搭档刑警田岛的演员。他出身于男性偶像组合,现在作为演员,收获了不少女性观众的喜爱。

旁边一对中年男女正在交流感想。

"哎呀,这个阵容也太豪华了吧。"

"还真是很用心的合作啊!看起来我们打的广告没白费。"

名侦探樱木擅长变装,不管男女老少,他能够打扮成各种各样的人来潜入搜查。正是因为这种设定,所以才有了让每个玩家都"成为"樱木的策划吧。帽子和马甲不只是附赠品,也是为了达成"玩家=樱木"这一概念的小道具。通过这些,能够一下子提升游戏的沉浸感。

真是做得不错啊,我心生敬佩。

"昨天吃晚餐的时候，还没见到您呢。咦，是这样啊，您从七点一直睡到现在，看起来这次旅行也非常疲劳啊。"

"田岛先生，您怎么还在这里闲聊呢？"

这次开始欢呼起来的是男性观众们。

屏幕上出现的是田岛的后辈，一位名叫会田的女性。她以丰满的嘴唇和童颜为标志性特征，活跃在电影和戏剧舞台上。

我听到身后有笔在记什么的声音。想必是有人认为这段开场景片里有什么线索，所以不管演员的表演，而是将场景内容一一记录下来吧。玩得还真投入。

"噢，是会田啊。因为我刚才看到樱木君了嘛，我想这次的案子也能请他帮忙呢。"

"樱木先生……？怎么感觉和平时不太一样啊？"

"笨蛋，当然是因为变装过了，和平时不一样也是理所当然啊。"

"原来如此。总之，我要进行准备工作，得先下船了。"

她走到出入口处，正准备下船时，被工作人员叫住了。"下船时需要交回船票""可是我马上就会回来……""这是规则啊"，伴随着这段对话，会田的身影从画面中消失。

田岛咳嗽了一声。

"实际上啊，樱木君，这艘船上发生了杀人事件。被害人是一名推理小说家，他的头部被烟灰缸砸中，一击致命。"

屏幕上开始播放闪回片段，画面上出现了一名五十岁左右的男性被袭击的场景。镜头只在一瞬间，捕捉到了趴在桌子上的男性的脸，而且非常模糊。

田岛握着拳头。

"怎么样，樱木君！我绝对要在船上抓住凶手！你也记得——千万不能让嫌疑犯逃下船！我一定要亲手逮捕凶手！"

这时画面切换。《名侦探 樱木桂马 逃脱豪华客船！》的标题画面跳出，系列电视剧中耳熟能详的音乐响起。大厅中响起了一片掌声。仅仅是五分钟的视频，就完全将玩家引入了游戏世界。

旁边两个留着八字胡的男人，有些挑剔地交换着意见。

"真厉害啊！连电视剧的音乐都用上了，应该拿到版权了吧？"

"演员也是原班人马出演。哎呀真是的，因为玩家扮演了樱木，所以电视剧里演樱木的安藤就没法出场了。要是他能出来才好呢。现在没法再修改剧本了吧？"

被他搭话的工作人员，脸上露出了尴尬的表情。

"那么——"

录像告一段落，身穿晚礼服的男人再次回到舞台上进行说明。

"本船会持续在东京湾航行，在海上停留一段时间后，返回原港。整个旅程为两天一夜，在这期间，禁止途中下船。因为——"

穿礼服的男人露出了鼓励式的笑容。

"因为你们，还有抓住杀人凶手的使命在身。"

这气氛还真是相当到位。只见海斗的脸，紧紧地绷着。

之后，男人一一说明了禁止下船的前提，如果有客人身体不适，需要到救护室由船医照看，如果遇到紧急事态，在有必要的情况下，则会由在近海准备的小型船运送至医院。

"那么，请各位确认手中的解谜套装。里面分别有四张问题纸和四张答题纸，还有照片、平面图，以及船票各一张。"

我打开手中的袋子。在这只塑料透明文件袋中，装着B5大小的纸张。问题纸上打印着各个问题，不过其中的大部分问题，乍一看都无法理解其中的含义。应该是每回答一个问题，才会获得关于下一题的提示。

而答题纸，则是印着"A1""A2"编号的长条形纸，上面还写着"在误写、污损的情况下，请找到工作人员更换新的答题纸再次提交"这样的补充说明文字。

船票则是这次活动的入场券。说明上写着，虽然在试玩活动时，使用了邀请函替代船票，不过正式的活动，就需要玩家来购入船票入场了。船票的设计是模仿真正的乘船票，船名却是作品中的名字。那是将A4纸折成三折的设计，外侧印着活动标题和说明，以及玩家名字，里侧的左上角有个"MEMO"的标记，下面排列着一堆表格。

　　套装里还有一张船内平面图。从最上层甲板，到上层、第二、第三甲板，都印在同一张纸上。同时也提示了玩家活动区域，各个客室以及机械室等禁止入内的区域。

　　"袋子里的照片，与第一题有关，请各位稍后进行确认。另外，套装里还有一张调查问卷，也请各位一并使用。"

　　接下来，男人展示了舞台上一个铁制的箱子。

　　"请各位玩家，将从第一问到第四问的各个问题，以及最终问题'凶手是谁'回答出来。每个问题的解答，都会成为最终问题的提示，所以我们推荐您按照顺序来解答谜题。"

　　"从第一问到第四问的解答，各位可以到大厅中设置的工作人员窗口提交。在提交了第一问的解答之后，工作人员会给您第二问的提示，就像现在各位手中的那张照片一样。请各位按照这个顺序，来收集获得最终问题解答的线索。顺带一提，从第一问到第四问，不管回答几次都是可以的，所以哪怕是不熟悉解谜游戏的玩家，也可以积极地尝试作答。"

　　我的视线落到了手边的答题纸上。原来上面写着的"再次提交"也有这个意思啊。

"不过，最终问题的解答提交则有所不同。请各位将最终问题的解答，投入到现在舞台上的投票箱中。而且，最终问只能回答一次，所以请各位慎重作答。这是因为，我们希望大家提供的是独一无二的解答。"

"如果一位玩家投入了好几份解答，第一张将会被视作有效投票。因为答题纸会在投票箱中重叠，所以我们能够依此来判断投出的时间顺序。另外各位的答题纸上写着名字，所以也没办法使用不正当手段……"

男人用夸张的动作摇了摇头。

"投票的截止时间是明天下午两点，也就是从现在开始的二十小时之后。那之后，会在下午四点开始，播放解答篇的影像，同时进行结果发表和颁奖，最后是闭幕活动。我们准备了最优秀奖和特别奖。到时候会通过各个问题的解答情况，解答的内容，以及解题速度等作为依据，进行公正的评判。说到打分，从第一问到第四问，每题各占 5 分，最终问占 80 分。从第一问到第四问，进行了多次答案提交的玩家，只要最终给出的是正确答案，就能够获得 5 分。问题纸和答题纸上都印着玩家的名字，请各位将这些提交到工作人员窗口。"

"最终问的占分比相当高，所以请大家将得出答案的根据，自己发现的提示，以及注意到的各个关键信息，都尽量写清楚，这些也会作为打分依据。"

也就是说，所有玩家应该都会得到前四个问题的 5

分，也就是 20 分。所以，最终问题如何回答，回答的速度快慢，就是分出胜负的关键了。

而后，男人继续说道：

"接下来，就请各位步入这令人眼花缭乱的迷宫吧。现在，逃脱游戏'名侦探 樱木桂马 逃离豪华客船'正式开始。"

大厅里响起了掌声。

"我说啊，这游戏弄得挺不错的呢。"

海斗在旁边向我搭话。我的嘴角上扬了起来。

"这舞台很适合分个胜负嘛。"我这样回应着，笑了起来。

"哥哥们感情真好啊。"

"我们只是同学啦。"听优这么说，我回答道。

"刚才的规则说明里，是不是提到了最终问题的答题纸啊？"

之前见过的大学生在我们背后说道。

"就在文件袋里那张船票的里侧吧。是用 A4 纸折成三折的，用线捆好，上面还印着名字呢。"

"咦，这里面还有船票啊？我还挺喜欢收集这些的。"

"这个套装和衣服都能拿回家，这真是不错。"

这时我发现，刚才那个男人，并没有充分地讲解关于答题纸的事项。我有些在意。

"啊！"

优突然弄倒了饮料杯子。海斗的答题套装被洒上了果汁，纸张也浸了水。

　　"啊，对不起！"

　　优大声道歉。作为兄长，我也为弟弟的笨手笨脚而进行了道歉。

　　工作人员马上过来，小声说着"我再给您拿一份"。五分钟之后，对方又拿来了包括调查问卷在内的新套装，海斗抚了抚胸口。

　　"哎呀，连调查问卷上都写着名字啊。看来是又把我的名字打印了一遍。"

　　"真是不好意思。"

　　"不用道歉啦。不管怎么说，最后也没出什么问题嘛。"

　　海斗笑着说道，优这才露出了放下心来的表情。

　　"优反应真的是有点迟钝。你要好好注意周围啊。"

　　"……对不起，哥哥。"

　　优低下了头。我也不想在朋友面前丢人啊。我从他一脸不好意思的脸上移开了视线。

　　哎呀，刚才我就在想。

　　为什么，非得在今天碰到海斗呢？

＊晚上9点
游戏开始后3小时

我到达了设定为杀人现场的船室。

整个案子的概要是这样的。推理作家风土玲流在自己的房间被人杀害，而他还没有发表的手稿也被盗走。嫌疑人为编辑A、风土的妻子B、过激派粉丝C三人。玩家扮演名侦探樱木，需要到风土的房间寻找线索，同时在A、B、C的房间搜索收集证言。

现场位于第二甲板B级船室中的一个房间。这是位于走廊最边上的位置，房间的左手边是通往一楼的上楼的楼梯，右边则是其他客房，里侧则是通往下层的第三甲板的楼梯。

房间门口挤着很多玩家。之前那些赞助商模样的男人正在聊着"要是能再多布置几个现场房间就好了""这个房间也太小了。不然就应该让玩家错开时间参观嘛"，在他们的对话中，我悄悄走了进去。

房间内有桌子和抽屉柜、衣柜，以及床。扮演风土尸体的假人趴在桌子上，脸朝向左边。他的头部被用红色的画笔涂上了颜色，在头部附近，倒着一个玻璃制的烟灰缸。他的手下放着一张稿纸，仔细一看，上面还写着文章呢。看上去，应该是张还未发表的稿纸。凶手杀害风土后，拿走了其他手稿，只留下了这一张。

我仔细阅读着稿纸上的内容，我发现，这应该是短篇小说中的一部分内容。这个游戏，出乎意外的还挺精细。

我的视线从桌子上下移，看到墙上有一个圆形的痕迹。那里没有挂时钟，而是在痕迹的右下侧，贴着一张大大的照片。这正是我们从解谜套装中得到的那张照片的放大版。【图1】

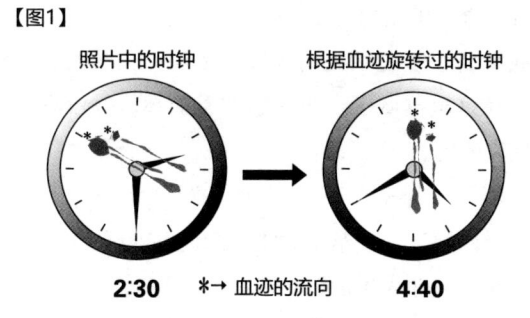

【图1】

照片中的时钟　　根据血迹旋转过的时钟

2:30　　＊→ 血迹的流向　　4:40

乍一看，照片上的时钟指向的时间是两点半。然而，时钟上飞溅着的血迹，是向右下侧流淌的。应该是凶手在殴打风土的头部时，血迹飞溅到了时钟的表盘上。由于重力，血迹理应向下流，而并非往右下流。我向工作人员借了分度器（我之前就猜测他们应该有），测量了一下长针和短针的内角。果然，这个角度并不是两点半时会呈现的角度。应该是凶手在杀人后，换了个角度重新挂回了时钟。

我按照血迹往正下方流淌的思路，转动了时钟，得到了"四点四十分"这个时间。这应该就是真正的行凶时间吧。我在答题纸上写下了答案。

当我离开房间时,我注意到走廊的墙上有一块与墙壁颜色不同的痕迹。那大约是一块长六十厘米,宽三十厘米,因为日晒的差异而显出的痕迹,可能以前这里挂着什么画吧。多半是主办方为了准备这个活动,而对船内的装饰进行了紧急变更。也真是不容易。

我准备将答题纸交给大厅内的工作人员时,已经有不少人在这里排队了。第一题非常简单。并没有要刻意为难玩家的内容。

"那么,请进行下一个问题。"

船员微笑着,递给了我第二题的答题纸。

"猪狩海斗先生。"

我点了点头。应该没有什么不自然的地方吧。

想要扮演成别人,其实相当困难。樱木在这方面真是太厉害了——我一边想着这些无聊的事,一边继续装成海斗,参加游戏。

优(弟)晚10点30分
游戏开始后4个半小时

"也就是说,我们是被绑架了。"

海斗的脸色苍白,嘴角发颤。一眼就能看出他的震惊。我继续倾诉着自己的不安,说着我们会不会被杀掉一类的话。身处于船舱内,能够感受到船内独有的晃动,对于第一次坐船的我来说,实在是不舒服。

海斗的脸上,露出了在思考什么的表情,就这样过了好一会儿。

而后他突然站起来,在房间中来回走着。

"怎,怎么了,海斗哥?"

"我们必须尽快从这里逃脱才行。"

海斗用力地说道。他的眼睛闪闪发光,看起来像是燃起了什么使命感。

他将手伸进口袋里。先是取出手机。手机明明还有电,但运转起来却很慢。

"……不行。手机还有电,但是没信号。"

我说,我的也一样。海斗却笑了起来。

"没关系,就交给我吧,优。我很擅长使用大脑思考。"

他微笑着说道。明明自己也很紧张,但是为了鼓励我,却努力振作鼓起了勇气。我对海斗产生了好感。

"从这个房间的内部装饰来看,应该是C级船室的一个房间。也就是说,这里应该是在第三甲板的边上。"

海斗一边说着,一边打开解谜套装。"找到了船内平面图。这样就能确认了。"我也打量着海斗的手边。

"是在第三甲板的哪里呢……客房内部,全部都是非游戏区域……啊!"海斗指着第三甲板平面图的右下方说道,"这里有点奇怪,上面特意写着'禁止入内',还在上面画了个大大的×字。"

"为什么要把这里单独区别开呢?明明旁边的房间,还是正常使用的。"

"可能这在游戏上有某种特别的意义,因此不想让玩家靠近吧。虽然还不明白这个意义到底是什么……不过,我想,罪犯们,一定是利用了这个房间。"

"啊!"

原来如此,我拍了一下大腿。只要把我们关在这里,那么无论是其他玩家还是工作人员,就都不会发现我们了。

"通过平面图上来看……这个房间,应该是C13号船室吧。"

而后,海斗不知道为什么笑了起来。老实说有点感觉怪怪的。

"海,海斗哥?"

"啊,啊!对不起。"

他眨了眨眼,像是在掩饰什么似的说。

"以前有一部著名的短篇推理小说,是杰克·福翠尔写的《逃出十三号牢房》。一个名叫思考机器的侦探,为了和人比试智慧,而进入了监狱中的单间,故事讲述的,就是他利用智慧和技巧进行逃脱的故事。我看到这个房间的号码时就想起了这篇小说。好像我自己就是思考机器一般。"

我之前从未听哥哥提起过海斗。不过我现在感觉，他应该是个非常重度的推理迷。

我突然感觉不安起来。我们真的能够获救吗？

"仔细想一想。这种事情发生在船上也不错啊。杰克·福翠尔人生的最后时间，就是在'泰坦尼克号'上。马克思·艾伦·科林斯，还有若竹七海，都写过这种题材的长篇小说。这次逃脱游戏本身的剧本，还有那个被害的推理作家的名字，都是在致敬福翠尔吧[1]……真不错啊……我已经被点燃斗志了。"

海斗一脸兴奋地在房间内开始了调查。刚才他那副脸色苍白的表情已经完全消失得无影无踪。

我的内心有些震惊。

C级船室里，简单地摆放着床、衣柜和抽屉柜。有一道门通往走廊，还有两道门，各是浴室门和洗手间门。虽然有船窗，但因为是钉死的，所以人无法逃脱，而且外面就是一片大海。

根本就没有逃离的办法。

"啊，海斗，有电话。"

我冲向桌子上的电话。这应该是只能在船内连接的内线电话，我趁势拿起听筒，却什么也听不见。

---

[1] 在日文中，"风土玲流"与"福翠尔"的读音相近。

"不行。"

海斗蹲了下来，手里拿着一根看起来像是电缆一样的东西。而缆线的切断面，被切得非常利落。

"电话线被切断了。应该是用锐利的刀子弄的。是绑架我们的罪犯干的吧。"

海斗摇了摇头。

"不知道……总之，我们有必要找到能向外发声呼救的方式。"

海斗走到那道通往走廊的门边。那是一道外开的门。虽然有猫眼，但往外看去却是一片黑暗。不知道是不是在门前放置了什么东西挡住了视线。

门应该是没有上锁。把手可以转动，但就是打不开。

"可恶！"

海斗用身体撞门，但是门却丝毫未动。

"使劲撞门的话，也许门的铰链会松动一点……可是，尽管这么用力地撞门，结果却最多只能制造出通过一张纸薄厚的缝隙。"

"海斗哥，我也来帮忙。"

"不，还是算了，撞得痛死了。"他一脸痛苦地说，"门的另一边，应该放着什么重物。这里看起来很像仓库，搞不好是在这房间的门口堆积了大量的物品，以此来当成路障。"

"怎么会这样？就没有其他从这里逃脱的方法了

吗？"

"我现在就在找呢。"

说起来，这里的出口，只有通往走廊的那一道门。我们两个人移动了床，海斗哥站在床上，检查了天花板上的通风口，又用在房间里找到的灾害时使用的手电筒，将头伸进通风口里调查。

"这里能出去吗？"

"不行。"

海斗将头从通风口处缩了回来，咳嗽着说道。

"以我的体格来说，到肩膀这里就卡住了。优倒是有可能进去，不过里面的洞是纵深的而且很长，感觉爬不出去。"

那里面……一想到要一个人去爬通风管，我就不由得身体发抖。

"如果在这里大喊的话，会不会惊动到什么人呢？"

海斗这么说着，深呼吸了一口，然后大声对着通风口叫了起来。

"救命——！"

他的声音在里面回响了好一会儿。然而等来的却是一片安静，没有任何声音回应。

"这里是和哪里通着的啊，怎么没反应呢？"

虽然海斗也检查了洗手间和浴室的排水管，可那都不是人能够出入的尺寸。

而后,他又将解谜用的套装文件袋卷起来,捅向天花板的方向。

"你在做什么呢?"

"我看看天花板上有没有比较脆的地方,能不能破坏一下。"

"破坏——"

"破坏掉就能出去了。不是很合理吗?"

这也太乱来了啊,我有点惊讶。至少,这并不是我喜欢的方式。

海斗又打开抽屉,看看有没有能派得上用场的东西。他从里面翻出了透明胶带、剪刀和便笺本等。

"总之,先拿点纸吧。"

我有些困惑,不知道海斗在想些什么。我叫了他一声,他说:"你就放心吧。我一定会带你从这里逃出去的。优,请你打开解谜套装,尽量解一解里面的谜题吧。"这也许是为了让我转移注意力,别再紧张吧。可我又不是小孩子。

"海斗哥——"

"不过,要说是绑架案,还有点奇怪。"

海斗的语速很快。与其说是跟我说话,倒更像是在自言自语。

"从服装上来看,把我们抓起来的人,应该是这船上的船员吧。这是发生在船上的绑架案吗?可是这样危险性也太高了。既没有地方逃跑，也没法收取赎金吧？"

他似乎对自己目前被卷入的状况提起了兴趣。我又仔细回忆了一下当时的情景，说道：

"我记得……那帮船员打扮的人，说是要把我们关在这里。然后联系我们的爸爸，索取赎金。"

"等，等一下。"

海斗的眼睛往上翻了一下。

"'我们的爸爸'？什么意思，他说的是我和你……"

说到这里，他突然意识到了什么而停止了话语。

"难道说？"

"啊……就是你想的那样吧。"

优点了点头。

"他们把海斗哥，当成我的哥哥绑架了。"

·········

第二问

胜（兄）晚 10 点 45 分
游戏开始后 4 个小时 45 分

我在优洒出果汁引起骚动时，确认了答题纸可以重新更换这件事。

在意识到，海斗被当成了我而被绑架——当我注意到这一"事态"时，我要做的，就是扮演好海斗的角色。

万幸的是，我穿着马甲戴着帽子，只要待在阴暗的地方，他人很难通过服装和脸来区别。因为我们两个年龄和身材相似，所以也并不会显得奇怪。所以当我以海斗的名义，去找工作人员要求再给我一套答题纸的时候，并未引起对方的怀疑。

——所以大大方方地行事就好了嘛。

我再次这样说给自己听着，去挑战第二个问题。我绝对不能引起他人的注意。为了在这个游戏中不引起他人的注意，答题既不能太快，也不能太慢。如果一直都没有解答出第一题，作为"特邀玩家"也太不自然了。

第二个问题，虽然不难，却要花上点功夫。

"第二问 现场的船室附近，有a、i、u、e四个乘客。然而，其中混入了一个真凶的同伙做出了伪证。那么在这四个人当中，是谁在说谎？"

之前的大学生二人组，正在对这个题目评头论足。

"这就是普通的逻辑谜题嘛。只要找出证言的矛盾之处，就能知道是谁在撒谎了。"

"必须在船里到处走动，搜集四个人的证言啊。这样也保证了游戏性。在调动玩家的活跃度来收集线索这一方面，也算是引入了很多动漫游戏'线下活动'的要素啊。"

"说起这个，地图上标出了四个证人的位置。这种设计虽然贴心，却又降低了可玩性呢。"

这两个人的评价可是相当严格，不过这道问题本身的确不难。

在向工作人员窗口提交了第一问的解答之后，工作人员会交给玩家一张纸。这是一张示意了四个证人所在位置的示意图。他们所在的位置，以及依据图上所示调查，能够得到的证人证言如下。【图2】

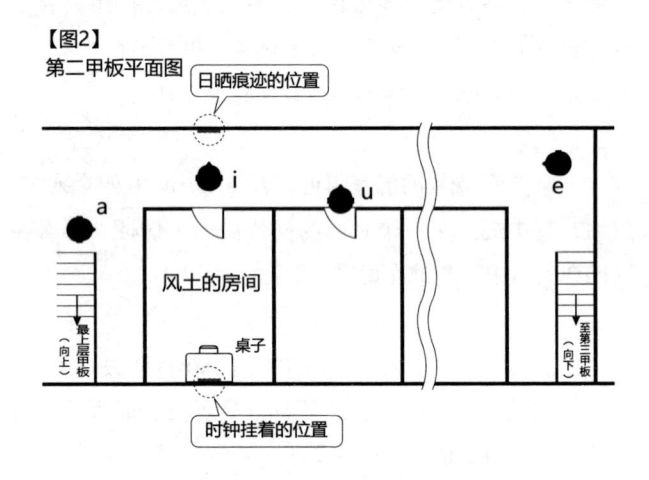

【图2】
第二甲板平面图

日晒痕迹的位置

a　i　u　e

风土的房间

桌子

时钟挂着的位置

（向上）最上层甲板　　（向下）至第三甲板

a："我看到了正在逃走的凶手。他没把u撞伤吧？"

i："我被凶手从后面撞到了！吓死我了！"

u："我正在离开房间的时候，被凶手使劲踩了一脚！什么？你说他藏在我的房间里？怎么可能？"

e："我看到凶手从房间里出来的时候，撞到了i的背后。然后他朝我的方向走来。我吓得一动都不敢动。真吓人啊！"

如果只看a的证言，就会认为，凶手是要往e所在的向下楼梯的方向逃去。然而，从a站立的位置来说，他不可能看到u被踩到脚的场景。只要确认了这一点，就能知道是a在撒谎。

另一方面，使用逻辑思考的方法也能解开谜题。在e的证言中，说到了i的样子。如果e说的是真话，那么i的话也是真实的。撒谎的人就只有a或者u。而如果i和e的话为真，从i和e所站的位置来看，他们所说的凶手的逃跑路径并没有矛盾之处。那么，u所说的脚被踩到的证言就是真的。而剩下的撒谎的人就是a了。

我收集好了证人所在位置发放的卡片。因为必须按照地图上的引导路线行动，所以花了不少时间，但是实际收集起来，却又发现并没有什么重要的线索。这只是个相当常见的谎言谜题。

撒谎的是——

我自嘲般地笑了起来。其实在这艘船上，最大的撒谎者无疑是我才对。

不，我所雇用的船员们也撒了谎。他们嘴上说着都交给我们吧，实际上却还是把事情搞砸了。

我明明拜托他们绑架我和弟弟。

结果他们却弄错了人。

我走出甲板，晚风吹拂着我的脸颊，带来一股舒适的惬意。黑色的海浪翻涌着。甲板上有个游泳池,夜用的照明灯打在水面之上。大人们手里拿着鸡尾酒,在泳池边谈笑着。这就是夜里的游池风情吧。明明身在海上,却又要制造一个泳池,可真是浪费。

我靠在甲板的栏杆上,抬头看着夜空。

我长长地吐了一口气。

……现在,管家益田应该已经给爸爸看过照片了吧。我被绑架的照片——那是我之前为了"假装"自己被绑架而提前拍下的照片。我将图片发给了益田。只要益田说,"这是绑架犯发来的",爸爸马上就会相信吧。因为益田是公司里资历最老的员工,也是爸爸最信任的人。

不过反过来说,他与我们兄弟之间的交情,也是最深的。

之前,爸爸让我在不同的交易平台购买了大量比特币,而后,这些比特币的价格一路上涨。那些后续入局的买家也跟进购买,导致价格上涨得更加厉害。这种电子货币的流动性比股票更高,一个买家就能对交易产生很大的影响。趁着这股涨势,我将手里的比特币卖掉。原本,我是准备将钱分给船员们的——这是我原本的计划。

然而,现在这计划又如何了呢?

我设计的虚假绑架的剧本,已经完全偏离了轨道。

对于现在被关在房间里的海斗和优,我什么都做不了……

我一个人笑了起来。e的卡片，距离图上所示的位置，要稍远一些，应该是放在第三甲板上。我想起了自己去取那张卡片时发生的事。

第三甲板，是C级船室所在的位置。两个大学生依然在这里谈论着什么。

"对了，你刚才有没有听到奇怪的声音啊？是不是有人在叫'救命'？"

"别说了，怪吓人的。"

"可是，我刚才进自己房间时，好像也听到了有人在叫'救命'啊……有点吓人。会不会是发生了什么事？"

不会吧，难道说海斗和优就在附近？我屏住了呼吸。

这两个人当然不会就老老实实地被关在房间里。他们一定会求助。

"不，你看看这个房间，上面贴着'禁止入内'的贴纸，而且在船舱平面图上，这个位置还打了个×。声音应该是从这个房间里发出来的，也许是为了增加游戏设定的趣味性搞出来的设计吧。"

"可是……"

"好啦。你不要想太多，现在游戏还在进行之中。一般来说，有的逃脱游戏就是会出现在游戏的过程中发生事件的设计嘛。"

他们的声音太吵了。

"……好吧。也许那个声音,是我听错了。"

我终于放心地抚了下胸口。他们把这个当成了游戏的一环啊……原来如此,这也是一种伪装。

只要大大方方的就好了。我的秘密是不会暴露的。

"猪狩海斗先生。"

这时,背后有人叫我。

我的身体颤抖了一下。回头一看,是一位穿着制服的女士站在那里。

"您是……猪狩海斗先生吧,刚才您来过提交答案的窗口吧?"

"啊,是的。"

她拿出一支圆珠笔。

"刚才您把这个落在窗口了。我给您送过来。"

"啊……这样啊。谢谢您。"

我将帽子压低,接过圆珠笔。在这位女士离开之后,我的心脏还在怦怦地跳动着。

这时,从船室的方向,发出了"咚"的一声。

我的身体马上绷紧了。

从门的缝隙里,飘出了一张纸。

"给胜君"

我读到纸上的名字时,还以为他们从门内看到了我,吓得浑身一抖。然而,应该不会的。他们应该看不到我。

应该是他们想让捡到这张纸的人,将它交给我吧。

纸上写的,是向我求助的内容。

我小声地窃笑了起来。

——什么啊。

我将纸握在手中揉成一团。

刚才大喊大叫了一番,又努力了半天,结果最后还是要向我求助啊。我刚才的胆怯可真像个笨蛋。

海斗甚至都没有发现,我才是幕后黑手……

海斗,只有这次,是我赢了。

我策划的这次虚假绑架,一定会成功的。

优(弟)
晚11点 游戏开始后5个小时

"是把我和胜君搞混了?"

海斗一瞬间,露出了惊讶的表情,而后他睁大了眼睛,气息也慌乱了起来。他不停地点着头,就像是坏掉的人偶一般。他失去了之前的冷静,在被禁闭的船室之中,来回走动着。

"对啊,原来是这样。这样就都能解释整件事了。"

"可是,真的会搞错吗?虽然现实情况确实如此……"

"有可能,"海斗面色潮红地继续说道,"恐怕绑架犯,之前只拿到了胜的年龄、身材和照片这些资料。我和胜是同级生，身材又接近，正好走廊里灯光昏暗，对方也无法看清楚我的样子。"

"可是就这样就会认错吗？"

"还有其他原因。比如说，你就是其中之一。"

"我？"

"绑架犯知道胜有个弟弟。所以，他们认为和你在一起的，就是你的哥哥胜。"

"当然，罪犯弄错我们身份的最大理由，其实是我现在身上穿着的马甲和贝雷帽。"

啊，我发出声响。

"因为船上所有人，都穿着这身衣服，所以很难辨别身份。再加上，这顶帽子的帽檐很低，让人几乎看不清楚脸。而我和胜都是特邀玩家，所以帽子也都带有同样的刺绣图案。"

"原来如此……是各种要素堆积起来，才造成了'乌龙绑架'的结果啊。"

海斗点了点头，而后表情凝重地低下了头。

我一想到是因为自己把海斗卷入了这样的事态，就感到十分抱歉。另一方面，如果罪犯发现自己弄错了绑架对象，会不会恼羞成怒呢？一股恐惧感向我袭来，如果那帮身材健壮的男人使用暴力，身为小孩子的我可绝对应付不了。

"你看……不用害怕。我会想办法的。"

只听海斗的声音就知道他在发抖,而我也跟他一样害怕。

这时,我的肚子突然响了起来。这种过于直接的声音,让我不好意思地捂住了腹部。

海斗笑着说:

"说起来也该饿了。水龙头里有水,不过看起来,绑架犯并不打算给我们提供食物啊……"

"……啊!"

我将手伸进口袋中。

我拿出了巧克力板和坚果零食,还有曲奇饼干。

"我本来是打算带点零食吃的,所以就从大厅那里拿了一些……我们两个一起吃吧?"

"你拿了这么多啊!真看不出来你还挺爱吃零食。"

"不要再嘲笑我啦!"面对海斗的调侃,我回答道。

我们分食了两块巧克力。因为也不知道要被关多久,所以剩下的食物,就先留下来备用。这时我想起了食堂里的自助餐。那里该有多么豪华的餐品啊!在如此豪华的船上,食物也一定很棒。我只是想想就感觉口水都要流出来了。但同时,我也对那些剥夺了我们品尝美食权利的人更加憎恨了起来。

"到底要怎么向外面呼救呢……"

"如果我们有机会和外部接触的话还好说,可偏偏绑架犯也没有来查看情况……"

这时,我听到外面有什么声音。那是两个男人的声音。"罪犯回来了!"我叫道。海斗脸上的表情马上变得认真起来。他向门那边投去了锐利的视线:"这也太快了。"

我们听着门对面传来的男人的对话声:"找到了……卡片……"然而从门的对侧出来的声音,却只是一些断断续续的内容。

从他们谈话的内容,大概能猜出他们也是参加游戏的玩家。我有些丧气。

"看起来,这附近设置了游戏玩家需要搜索的打卡点呢。"

海斗说道。他站起身走到门前,咚咚地敲着门,大喊了好几声"救命"。然而,外面却一片安静。

我们将耳朵贴到门上。那两个男人,似乎在嘀咕着什么,却又听不清他们到底在说什么。

"好啦……现在游戏还在进行之中……在游戏的过程中发生事件……"

这时,其中一个人的声音,突然大了起来。似乎是两个人争吵了起来,有人突然着急上火。

我失去了力气。

"他们以为这是游戏的一环啊……明明有一个人说,'听到了有人在叫救命'。可是,却被另一个人打断了。"

"为什么啊?"

"因为他们以为,这是解谜游戏中的某个环节……现在看来,我们也算是身处绝望之境了。"

海斗摇了摇头。他垂下肩膀,明显一副很失落的样子。

"不过,如果这里是打卡点的话……胜应该也会经过这里吧。"

"没错!"

海斗取出之前在抽屉里发现的便笺本,用铅笔在上面写了文字。

致胜君

敬启 我是海斗。现在我们被监禁在了房间里,就在你附近。以我们自己的力量无法离开,请你赶快找到我们救我们出去。

自现在开始,已经没有多少时间了。再这样下去我们会被杀掉。自己这样虽然很没面子,但是也只能相信你了。

海斗三下五除二写完,将耳朵贴在门上。

"海斗哥,这个便笺纸,要怎么交给我哥哥呢?"

"当然是让什么人拾到就行了。这纸上有胜的名字。只要有人捡到,交给工作人员,就能在船上通过广播找到他了。"

可海斗的想法有一个问题。让捡到纸条的人,将事态传播出去就行了吧?根本没有必要,把纸条交给哥哥吧？

这时，门的附近传来了什么人的脚步声。

"猪狩海斗先生。"

是一名女性的声音。因为她的音调比较高，又很通透，所以我们哪怕隔着门也能听到。

听到有人叫自己的名字，海斗的肩膀颤抖了起来。"为什么是我的名字？"他沉吟着，回头向我看来。而我则反射性地摇了摇头。

"——不，先不管这个。在我撞门的时候，你趁门被撞出一条缝的时候，将纸条塞出去。"

一，二，三，我还没来得及思考，海斗便用身体撞向了门。当门锁的铰链向对侧轻轻抬起的瞬间，我将便笺纸塞到了门外。

成了！

脚步声，再次在门前停了下来。

门外的沉默，让我们愈加紧张了起来。海斗凝神屏息地盯着门，然而，站在门前的人似乎一点动静都没有。我也不禁屏住了呼吸。

接下来的瞬间，门的对侧发出了轻微的咔嚓一声。

"啊——"

我发出声音。

"为什么……明明接到了我们的求助，却视若无睹，怎么会这样？"

脚步声走远了。

"果然啊……"海斗摇了摇头。他皱起眉，露出了懊悔的表情。

"刚才的女性，并不是因为知道我在这里而叫出了我的名字。她在叫的是另外一个人。那么，那名女性到底是在向站在门口的什么人搭话呢？"

"咦。那么，到底是谁……？"

"没错，她在用我的名字称呼那个人。"

"可是，海斗哥明明就在这里……"

"听起来很不可思议。可如果这个人是胜君，就说得通了。"

"啊？"

我大声叫了出来。

"为什么会这样。难道说刚才的人，是哥哥……？"

海斗露出了迷惑的表情。

"虽然很难启齿，但是这起绑架事件的策划者，搞不好就是胜。"

"什么？！"

我提高了声调，拼命摇着头。

"不可能。哥哥怎么可能会想到这种事情？"

"当然，这只是我的推理。不过，这样想的话，很多问题就迎刃而解了。首先我感到疑惑的，是为什么要选择在船上进行绑架？"

"船上……之前提到过,在船上索取赎金什么的,会很麻烦吧？"

"并不是这样。如果是操作股票一类的东西,哪怕不和对方直接接触,也有获得赎金的办法。问题的关键在于,在船上实施犯罪,绑架犯是没法逃走的。在海上没有任何办法可以逃脱,一旦受害人报警,就能在船归港时由警方一网打尽。作为绑架者来说,这也太危险了。"

"可是这样的话,根本就不会有人干这种蠢事吧？"

"不,只有一个人可以,"海斗微笑了起来,"在这么危险的场所,进行这种行为,还能获利的人。这个人不会引起任何人怀疑,而且在绑架实施的过程中,一定会在父亲面前消失,使对方不得不准备赎金。"

已经说到这里,连十岁的孩子都能理解了。

"哥哥……"

"是的。哪怕并没有被真的绑架,船上的所有人,都因为游戏规则的要求而关闭了手机电源。所以不管父亲那边怎么联络,都无法打通电话。如果向逃脱游戏的运营公司打听,可以确认胜确实在船上。但如果他有意将自己隐藏起来,那么,不管工作人员怎么找,应该都找不到他。这样一来,就不由得你们的父亲不信。倒不如说能在这种危险的情况下获利的人,只有胜。因此,这是胜一手策划的虚假绑架案。"

海斗的嘴角浮起了笑意。

"不过,虽然胜策划了这起绑架案,过程中却发生了意想之外的事故。这就不用我说了,是执行者在绑架时将我和胜搞错了。而后,胜拼命地思考,是否应该马上中止绑架呢?不,现在中止的话就鸡飞蛋打了。因为一旦这么做,在身为第三者的我面前,他策划绑架案的事就完全暴露了。

"所以,就只能强行推进这一出'乌龙绑架'的剧本了。他要将自己隐藏起来,不让父亲发现。这时他突然想到,只要把自己变成海斗就好了!"

"啊!"我拍手说,"所以刚刚才会有人在那里叫'海斗'的名字!"

"假装身体不适肯定会引起注意。叶隐于林才是最好的隐藏嘛。作为游戏玩家,要想隐藏自己,还是得待在游戏会场中,参加游戏才行,这才是最不容易引人注目的行为。而胜和我一样,也是特邀玩家,所以胜也不能太悠闲。如果特邀玩家一直解不出谜题,那不是很奇怪吗?"

"的确如此……"

海斗又点了点头。

"可是,在这样的条件下……如果胜真的打算这么做……事变得有趣起来了。"

我看着面前自言自语的海斗,有些害怕。

"我之前就说过,要和胜在逃脱游戏中比个胜负,没想到居然能用这种方式和他比拼智慧。我的斗志也燃烧起来了。"

虽然嘴上开着玩笑,但他低着头,用非常认真的表情看着船室的门。他的脸上挂着笑容,眼中却没有笑意。不知道是不是在拼命思考着,要怎么从这里逃脱呢?

又或者是,在想着要如何让哥哥大吃一惊。

我完全不知道,海斗到底在想什么。

3
第三问

胜(兄)早上6点10分
游戏开始后12小时10分钟

头好重。
感觉昨晚没有睡好。
让我烦恼的,是绑架事件正朝着不祥的方向发展。另外,我解不开第三道题。

"第三问 谜题就藏在这里。请仔细看。将圆环贴在眼边,如果你能看到人的名字,那就是解答了。这恐怕正是风土留下的死亡留言。答案就在你身边。"

和第二问相比，这一题的文字风格都变得有些讨人厌了起来。

我将第二问的解答交给工作人员后，得到了一张薄薄的纸片。那是一张 A4 大小的透写纸。在边角的地方画有一个小小的圆圈。同时还有几个更大的 × 字，散落在纸张的四处。

看到这里，终于有点解谜游戏的味道了。"将圆环贴到眼边"里的"圆环"，指的应该是纸上画的那个小小的圆。这里使用透写纸，应该是想让玩家，将纸贴到什么东西上来看。也就是说，通过将这张薄纸上的"圆环"，"贴"到"眼边"，就能够看到名字。

这种事情我也知道！但是，具体要怎么使用呢？我知道解出暗号的方法，却因为找不到关键的"钥匙"而无法前进。

因为答题的限制时间比较长，我的心情还算缓和，和其他的逃脱游戏不同，游戏玩家无法进行讨论，必须孤军奋战来解决问题。

我将手边所有的纸全都试了一遍。问题纸，调查问卷，证言纸。然而，却根本没有哪张纸上能得到有意义的文字。船票的话尺寸又不合。"眼边"这个词，要是细究的话……

我悠闲地泡了杯咖啡，往里面加入了大量的牛奶和砂糖喝了下去。

回到问题本身——

不光是逃脱游戏，这是平时上学读书时，耳朵都要听出茧子的一句话。

这时，我突然发现了突破口。

是风土留下的死亡留言！

就是这个，这才是必须注意的关键线索。风土的手边，既不是问题纸，也不是调查问卷。我取出案发现场的照片。

我看了一眼——真的有！

风土的手边，残留着一张之前写好的手稿纸。这就是"钥匙"。

可是，"眼边"又是什么？

我在问出这个问题的瞬间，将视线投到了稿纸的格子上——是线格！[1] 我将圆圈对到稿纸的格子边上，就是这么回事！

因为照片上的图像不太清晰，我前往案发现场的船室，准备亲眼确认现场的稿纸。

也许是因为时间太早，当我通过走廊去往案发现场时，走廊里并没有人。难道说，大家都已经解开了第三问吗？只有我的进度远远落后了？可恶，我必须马上追上其他人的进度——

---

[1] 此处的日文为マス目，其中的"目"即为前文谜题中所指的"眼"，即利用了"目"的一语双关之意作为谜题。

想到这里，我不由得按住了自己的嘴。

我感到有些茫然，而后，我自嘲般地笑了起来。

——现在哪还是热衷游戏的场合啊。

我的头脑冷静了起来。再次确认，自己目前所处的状况。

我现在，正在继续绑架计划。

为了从可恶的老爸那里弄到钱，离开家开始自己的人生，全靠这次行动了。

（手稿译文：）

别有意味地说道。堂全挽粗壮的身体颤抖了起来。这看上去像是牛一般的动作，正是他因为谜题而兴奋的证明。

"那就赶紧说吧。他到底是怎么消失的？！"

"在那个浓雾的夜晚……就像是溶于了雾中一般的男人，消失在了道路的尽头！"

道路的三面，都被高高的围墙包围着。我在那时，看到了正在道路拐弯处男人的背影。然而，我走上前去，却发现地上只剩他的外套，他的肉体到底消失去了哪里呢……

堂全啰啰唆唆地讲述着。他的声音低沉得如同骆驼一般。

"是我的疏忽。我明明一直紧紧跟着他的——首先，人类突然消失的理由，应该只有一个。"

"人类突然消失？也就是说，堂全教授认为，他是自己主动消失的吗？"

总而言之，在不引起他人注意的情况下解题就行了。与其说没有必要在游戏中获胜，倒不如说，不能在游戏里获胜。

虽然能够解出这个问题本身，的确挺值得自豪，不过我不能太沉迷于游戏。

我将透写纸抵到手稿纸上。我发现，那张手稿纸右边的格子上，很浅地印了一个"○"的痕迹。正好和透写纸上的圆圈重合上了。【图3】

【图3】（透写纸叠加到手稿纸上的状态）

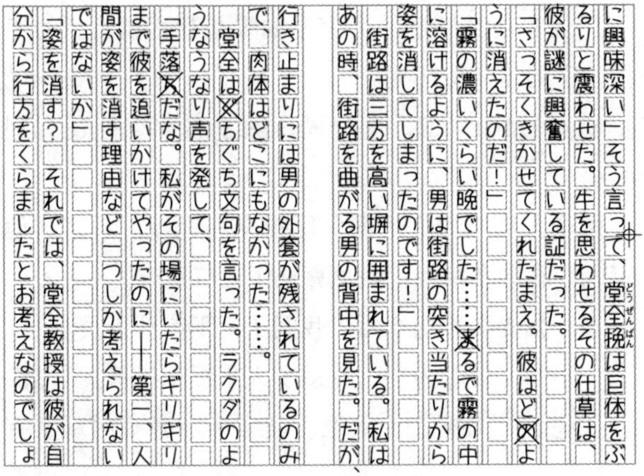

に興味深い」そう言って、堂全は巨体をぶるりと震わせた。牛を思わせるその仕草は、彼が謎に興奮している証だった。

「霧の濃いくらい晩でした……迷るで霧の中に溶けるように、男は街路の突き当たりから姿を消してしまったのです！」

街路は三方を高い塀に囲まれている。私はあの時、街路を曲がる男の背中を見た。だが

行き止まりには男の外套が残されているのみで、肉体はどこにもなかった……。

堂全は肉ちぎれ文句を言った。「手落ちだな。私がその場にいたらギリギリまで彼を追いかけてやったのに」「一人の間が姿を消す理由など一つしか考えられないではないか」

「うなり声を発して、ラクダのような姿を消した？それでは、堂全教授は彼が自分から行方をくらましたとお考えなのでしょ

将打 × 的四个字提取出来,是"NOMAGUCHI"(野间口)。

在意识到这是解开暗号的钥匙之后,重新读这篇手稿,就会发现,其中有很多不自然之处,比如将"黑暗"这种常用汉字表现的词,特意写成了假名之类。如果在第一次看到手稿时,我观察得再仔细一些就好了。

"原来是这样啊!"

走廊外传来了什么人的声音。我走出去一看,是那两个大学生正在讨论。他们马甲里面的衣服,已经换成了 T 恤。

"三个嫌疑人都是用 A、B、C 代称的啊。但是,死亡留言里留下的'NOMAGUCHI'这四个字,到底是这三个人里谁的名字呢?大概是在剧本的什么地方,或者是证言部分里有相关的名字吧。"

"确实是没见过的名字。如果是死亡留言,会不会是指凶手的什么特征呢……"

"NOMAGUCHI,这个词,除了名字以外还有别的意思吗?"

两个人嘀咕着,走向大厅提交答题纸。看到其他的玩家也和我进度相似,我总算松了口气。

正当我提交答题纸时,我问了一下工作人员。

"请问,目前为止,有多少人来提交过答案了?"

"嗯——大概二十人吧。其实参加游戏的玩家有百余人，不过提交答案的人比我们想象的要少呢。也许是昨天晚上在宴会上玩累了，现在还在认真解谜的玩家并不多了吧。"

我苦笑了一下。的确，这船上的食物非常美味，冲着这个来的人也不少。

现在是早上七点。大厅里能看到几个参赛者的身影。大部分人，手里都拿着果汁或者咖啡相谈甚欢。看来很多人宁愿牺牲睡眠时间，也要来这里堂食早餐啊。说起来，我的肚子也有些饿了。

刚才的两个大学生，此时正趴在桌子上，像是在摆弄什么东西。

"这是解答第四题需要使用到的解谜道具。这个袋子里装的东西全都有用，可千万别弄丢了。"

我一边说着"好的"，一边接过工作人员递来的袋子。此时，我后面那一桌的大学生突然大叫了起来：

"喂，这不是开玩笑吧！"

我回过头去，只见他双手抱着头，盯着桌子上的东西，嘴里自言自语着：

"这样的话，这样的话——前提不就变了吗！"

优（弟）上午7点

游戏开始后13个小时

我听到了爆炸的声音。

我从床上跳了起来。是罪犯回来了吗？我蜷缩起了身体。

我已经不记得昨天晚上是什么时候睡着的了。这还是我第一次在船上过夜，因为船身的晃动，我的头疼得像是要裂开一般。现在是几点了？还有，海斗他去哪儿了——

"啊，不好意思，吓了你一跳吧。"

他那满不在乎的声音响了起来。我稍微睁开眼睛，看到海斗正一边笑一边看着我。

"哎呀，我也没想到会发出这种声音……不过如果这声音能引发什么异常警报，引人来救我们就好了。啊，你先别从床上下来，会把脚弄湿的。"

"弄湿……？"

我往床下看去。

"啊……？"

地上流满了水。我仔细一看，原来是淋浴间的水龙头被破坏掉了，水从那里直接流了出来。海斗到底是做了什么，才会变成这样啊——

爆炸？

"我本来也不想弄这么大动静。你看，因为手机没信号又派不上用场嘛，我就把手机拆了，把电池拿了出来。然后用胶布、剪刀，还有从电话线那里引出的电线，做了个装置。用手机的锂电池强行点火，引发了爆炸。总之是不让电池里的分离器正常运作就行了。而后只要通电加上负荷，锂电池就会和水发生反应。不过我是没想到它会把水龙头都炸坏。"

"爆炸……你是想引发火灾吗？"

"也有这个想法吧！如果着火了，就能引发火灾警报装置吧。"

"那如果没有的话……"

我的头又疼了起来。不行，我完全搞不懂，这个人在想些什么。

"我本来真的是想悠着点弄的。可是，这个水龙头里自然流出的水实在太少了。我从昨天晚上十二点开始打开水龙头放水，到了半夜两点时，我觉得'这样下去要来不及了'，于是就干脆把水龙头破坏掉，让水使劲往外流。不过为了破坏水龙头，也花了不少时间。"

他的语气轻松，眼睛上却布着黑眼圈。

"来不及……？海斗哥……你这是什么意思？"

"啊，你是不是觉得有点奇怪？没关系。因为熬了一夜，我的大脑有点兴奋过头，不过这次我是认真的。"

认真的？我看着脚下的水。从淋浴室里流出来的无法止住的水流，在室内形成了三厘米的水深。看来他说的，从半夜开始放水的事是真的。他是想用水压冲开门吗？还是说，想用水的异常触发什么警报，期待以此获救？

不过无论如何，他到底为什么把水管炸开呢？

"海斗哥，我还是不明白你这么做的原因，请你再说明一下吧。"

"这里就是问题的关键了。优，你觉得，要从密室中逃脱出去，最有效的办法是什么？"

海斗盘腿坐在床上，露出了孩子般恶作剧的笑容。我不由得有些生厌。因为我是小孩子就把我当成笨蛋。我最讨厌这种态度了。

"……把门打坏。"

"哈哈，如果能做到那当然是最好的。可是，哪怕用电池进行引爆，也只能炸开水龙头而已。我当时还有点期待，能不能爆炸的时候把淋浴室的墙也一并炸开，这样就能逃出去了呢。不过，火力果然还是不够。"

看来海斗的主要目的，还是将水弄出来。但是，下一步我就不知道了。

"那么，是找外面的人帮忙吗？"

"这也是种切实可行的方法。如果有什么管道或者通气孔，能一直连通到外部，就能用纸片交流了。不过，我们尝试过这个方法，也失败了。"

我们扔出去交给胜哥的纸片被撕碎了。明明是为了求助而大喊大叫，却被两个男人当成了游戏中的趣味性演出。

当然，如果说有什么从这个密室中逃脱出去的魔法，那确实应该是非常厉害……然而，我却完全想不到这样的魔法。

"我放弃了。你来公布正确答案吧。"

海斗笑了起来。

"让把我们关在这里的人，用钥匙打开门。"

"……啊？"

这确实是最简单的回答，可是。

"不……不可能吧，这种事。"

我摇了摇头。这也太奇怪了，甚至显得有些搞笑。

"因为，绑架犯是接受了我哥哥的指示，把我们关在这里的。如果没有哥哥的命令，他们不会随便行动。而且，他们也没有打开门的必要。只要将'哥哥'从爸爸的视线中隐藏起来就好，也没有任何需要确认的事。"

"可是，我有'魔法'哦。我有办法让他们忍不住要打开这里。"

海斗的笑声中，溢出满满的自信。我越来越搞不懂这个人了。不过看他忙了一晚上，也许真的有什么计划吧。

"提示就在这个游戏当中。"

"在游戏里？"

"是的。我已经知道，这个游戏里的最大诡计了。"

"是什么啊？"

我紧紧盯着海斗的脸。他脸上那副得意的神情，没有丝毫动摇。"怎么可能嘛。"我说道。

"在这个房间里，是不可能解开游戏谜题的！我们手边可只有问题纸啊！那些线索都是隐藏在船里的——看不到线索，是不可能解开谜题的啊！"

不知道是不是我这副拼命强调的样子颇为奇怪，海斗仿佛从胸口发出笑声一般。我一时间愣住了。

"当然，确实如此。其实我并不知道每个问题的答案。我所知道的，只有整个游戏的最终问题——'凶手是谁'，也就是整个游戏中隐藏的最大诡计。"

"可是——"

"其实游戏中已经给出了线索。最大的提示就是这张问题纸。对了……你看一下，被设定为杀人现场的这个房间前面的走廊。"

"在被关进来之前……我们在船上散步时，曾经路过那里，虽然只待了很短一段时间。"

"那里的墙上有一块挺大的痕迹吧。那并不是自然形成的。那块墙壁，是被涂装成只有那里没有被日晒过的样子。"

"咦？"

我眨了眨眼。

"为什么会这样……"

"这就是通往最大诡计的关键。说是最大的诡计，其实却挺简陋的。啊，对了，事实上，有一个能够帮我们解开谜题的问题。"

海斗取出了一张问题纸。

"第四问 将袋子中的东西恢复成原来的形状。而后就能看到真相了。"

"你能解开这个问题吗？我们手边连那个'袋子'都没有！这样你也能解开吗？"

"装在袋子里的，应该是好几片塑料的七巧板一类的东西吧。就像拼图一样把它们拼好。然后这个拼好的板子，能够再现现场的'某个东西'。"

"游戏的设定是这样的。在风土被杀害的时候，现场是有'某个东西'存在的。风土在那上面用血迹写下了线索——也就是死亡留言。只看问题的话，第三问应该也是差不多的谜题。"

"死亡留言……也就是说，海斗所说的'某个东西'，上面写着凶手的名字，玩家拼好七巧板后，就能看到真凶的名字了吗……？"

"你说对了一半。能够显示出来的，确实是一个名字，但是却并不是凶手的名字。"

我被他这猜谜式的说话方式，激得差点又要大叫出来。

而这时,海斗露出了自信的微笑,回答道:
"是'樱木'啊。"

4
第四问

胜（兄）早上 8 点 30 分
游戏开始后 14 个小时 30 分

"这到底是怎么回事，为什么会是'樱木'啊？"

大厅里一片喧哗。吃完了早饭，已经解完第四问的玩家们，开始积极地讨论起来。那两个大学生，还有其他之前打过照面的特邀选手，以及那些把解谜当成娱乐消遣的赞助商，此时都齐聚一堂。

"真的不是出题失误吗？""不，都已经解到这一步了不会有错的。""再按其他的方式组合一下，有没有可能是其他名字呢？""说不好，把我的借给你，你试试看。""不行，隔壁桌都已经用三个在试了。结果都是一样的。""或者是用立体的方法拼起来呢？""有道理，我试试看。"

第一次见面的玩家们，一脸轻松地在交换着意见。明明大家应该是争夺奖励的竞争关系，却因为都热衷于解谜，反而同乐了起来。

主办方这边对此似乎也相当满意，工作人员们一直在观察大厅里玩家的样子。

"我出去吹吹风……"

我这么说着走去了最上层的甲板。我其实已经产生了，和其他人交流的欲望，但是一旦参加讨论，很容易就引起他人的注意。

我靠在栏杆上眺望着海面。今天的天气很好，海风吹拂着，将睡眠不足带来的疲惫也吹散了。我深呼吸了一下。突然间，我的脑海中，浮现出了被关在幽暗房间中的弟弟和海斗的脸。现在，只有我能够沉浸在这样自由的气氛之中，我产生了一股罪恶感。

"樱木……"

这是这次游戏的主角——名侦探樱木的名字，也是这次玩家所COSPLAY的角色。为什么，会出现这个名字呢？

有两种解释。

一种是，如同字面意思一样，就是指名侦探樱木。

而另一种，则是指，在 A、B、C 三个嫌疑人中，有一个本名叫作"樱木"的人。

部分玩家认为，是后一种可能性。但是因为找不到答案，所以可能性比较低。而且，如果是这样的答案，就必须对文字进行排列组合，那可就没意思了。

那么，这里指的，还是名侦探樱木吧。

然而，这又是什么意思呢？是玩家＝凶手这样的诡计吗？之前有相关的线索提示吗？

我从甲板的栏杆处探出身体，凝视着海面。此时身为绑架者的我，心情有些兴奋。然而，这种情绪却被眼前的谜题所消去。我想知道答案……

海面上反射着闪闪发亮的阳光。

就在这一瞬间！我的脑中突然闪过了什么！

我眼前的光景——再加上海斗写的纸条！明明是那么露骨的提示！

原来是如此经典的诡计啊！

这一切，全都联系起来了！为什么会出现"樱木"的名字？为什么会让玩家打扮成樱木的样子？为什么在第三甲板上要设计一个禁止入内的房间？

"是镜子……"

我对着海面喃喃自语道。满足感之下，我吸了一下鼻子。

所有的谜题都已经解开了。我已经不再烦恼了。

我不会对最终问进行解答投票。

因为,我已经被绑架了。我应该是无法回答问题的……

没有奖励。没有喝彩。我已经解开了所有谜题。只要有了这种满足感,哪怕只有一个纪念奖也好。

因为我马上,就能从可恶的老爸那里,拿到作为礼物的赎金了。

5 最终问题

胜（兄）下午 4 点
游戏结束后

所有玩家都集合在了大厅里。

现在的大厅里有些吵闹。既有解开了谜题的玩家，也有还没解完题的玩家。大家交流着感想。因为已经过了投票时间，所以还有一边给出提示，一边煽动其他玩家的人。

突然间，大厅内的灯光暗了下来。

大厅前方的银幕上，开始播放影像。要播放解答篇了吧。

屏幕上的影像中，出现了船上的大厅。大厅里出现了田岛刑警，以及所有的嫌疑人和相关人。

"樱木先生！我像您所说的那样，把所有人都集合在这里了。您已经解开谜题了吧！凶手到底是谁呢？"

田岛刑警走近屏幕。

"这样啊……终于露出破绽了。大家，拦住他！"

突然，摄像机激烈地晃动了起来。这是抓捕玩家视角的人物的演出。还没有解答出最后一题的玩家们，开始吵闹了起来。

"哎哎呀呀，这可真是场灾难。"

"这个声音……"听到女性们的声音，我就知道了。

银幕上出现了帅哥演员安藤的脸部特写。他正是在电视剧中扮演樱木的男演员。大厅中响起了一声尖叫声。

"干得不错啊！你利用我来实施杀人。"

安藤露出了自信的微笑。

"真凶，就是你。"

安藤扮演的名侦探樱木，正指着银幕对面，身处于大厅之中的我们。

优（弟）上午 8 点 30 分
游戏开始后 14 小时 30 分

"镜子……吗？"

我有些无法理解地沉吟道。

就在我们悠闲地解谜的这段时间，破裂的水管依然在不停地吐出水来。因为地上全是水，我们只能盘腿坐在床上。

"没错，是镜子。杀人现场前的墙壁上，那块没有经过日晒而显露出的痕迹，正是镜子之前挂着的位置。被害人风土，在镜子上写下了凶手的特征。所以凶手不得不打碎镜子并且带走……整个案子的故事大概就是这样。"

"请等一下。这么说来，凶手果然是……"

"真凶就是玩家自己。答案是'扮成樱木的我'。"

我吞了口唾沫。

"说起来，这个游戏，为什么要让玩家打扮成樱木的样子呢？在VTR里，刑警称呼玩家为'樱木先生'，让观众以为，自己是要变装成为名侦探。而在游戏开始之后，我就怀疑，在这里是不是设计了什么伏笔。"

"啊哈哈……因为逃脱游戏里经常使用这种桥段，所以你才能注意到这些细节吧。"

"整个故事的剧本是这样的。真凶为了接近风土夺走手稿，从和风土私交甚密的樱木那里抢走了衣服。樱木的帽子能遮挡住一部分脸，正好合了凶手的心意。真凶先是袭击了樱木，将他的背心和帽子夺走穿在身上。而后将樱木关在了我们现在所在的房间里。"

"咦?"

"这是设定上的故事啦。你看,我们所处的这个房间,在地图上也打了个大大的×字吧。那就是樱木被关着的地方,也就是伏笔线索。"

"什么,这也太细了吧。"

大概海斗也是这么想的吧,他苦笑了起来。

"真凶杀害风土后,拿到了他想要的还没有发表的手稿。然而,正当他想下船时,却发生了他意料之外的事故。他碰到了田岛刑警。"

"就是游戏开头的影像吗?"

海斗笑着点了点头。

"在细微之处埋下伏笔,这是很棒的设计。那时的后辈刑警会田也提到了'感觉和平时不一样'。真凶被田岛刑警看到之后十分焦虑。刑警还对他说,尸体已经被发现了,一起逮捕凶手吧!如果当时逃跑,一定会引来怀疑,所以真凶只好临时装成侦探。接下来,就是这个逃脱游戏,最大的诡计了。"

海斗拿起四张问题纸。

"真凶=玩家本人,为了解开这四个问题,而在现场进行搜查。但是,这里的答案全部都是假的。真凶为了不让人发现真相,故意进行了伪解答!"

"什么?可那样的话,这游戏的难度也太大了吧……"

海斗笑着，夸张地摇了摇头。

"并非如此。第四问的答案，确实是'樱木'，因为这就是真正的答案，但是从第一问到第三问，却各准备了两种解答。而导向第二重解答的，共同的'钥匙'都是——"

听到这里，我终于说了出来。

"是镜子吧……"

胜（兄）下午4点20分
游戏结束后

"干得漂亮啊！"

安藤和樱木的解说仍然在继续。

"你不仅夺走了我的衣服，还利用了侦探的身份，搅乱搜查方向。你对犯罪时间、目击者证言，以及现场残留的手稿上的死亡留言，这三处都准备了伪解答。而这一切，都是为了让你自己不成为被怀疑的对象。此外，还有导出真相的重要钥匙，那就是镜子。"

樱木从大厅移动到了案发现场前的走廊。他指着走廊里的一块和墙壁周围被日晒过的部分形成反差色的痕迹。

"这里，原本挂着一块镜子，上面用血字写着樱木，却被你打破拿走了。也就是说，在你行凶当时，这里是挂着镜子的。那么，如果以这里有镜子为前提，之前的犯罪时间，以及目击者证言的意义，就全部都变了。"

樱木的手边，出现了时钟的表盘。虽然这段ＣＧ[1]的制作显得有些廉价，不过并没有人笑出声。【图1B】

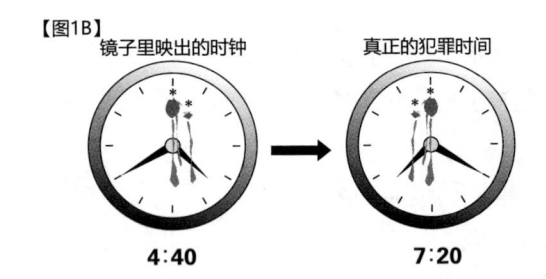

【图1B】
镜子里映出的时钟　→　真正的犯罪时间
4:40　　　　　　　　　7:20

"从血迹的方向来看，时钟指示的时间为四点四十分……你提出的解答，也认为行凶时间为四点四十分。在这个时间，你拥有听演奏会的不在场证明。而A、B、C三名嫌疑人则没有不在场证明。然而，这张照片，是在镜子里映出的镜像。"

他手边的表盘左右翻转了过来。

"真正的行凶时间为七点二十分。在这个时间，A、B、C都出席了晚餐会，所以不在场证明是成立的。但是你那时——并没有吃晚餐，而是在自己的房间里休息。"

---

1 此处指影视特效。

他接着说道，此时他的脸旁，出现了平面图和四个证人的证言。

"接下来是目击证言的部分。在这四个人中，看上去说谎的人是 a。从 a 的位置来看，不可能看到逃跑的凶手。但是，如果这里原本挂着镜子呢？"

画面里红色的位置出现了镜子。【图 2B】

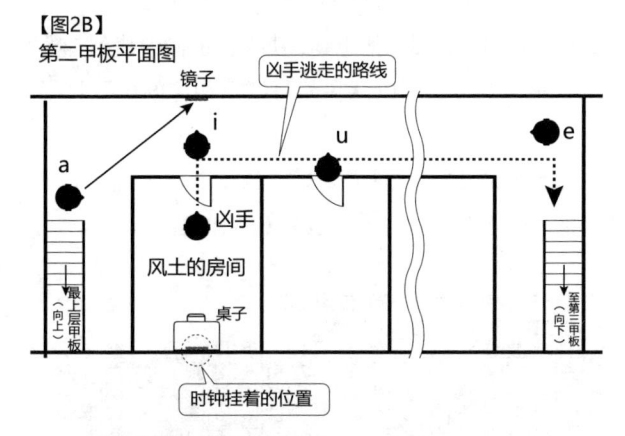

【图2B】
第二甲板平面图

- a可以看到镜子中映出的凶手。→ a为真
- 凶手的逃走路线，与u和e的证言一致。
- i说"被凶手从身后撞了一下"，所以"吓了一跳"，但他应该能从镜子中看到，凶手开门的瞬间。→ i的发言为假。
  因此，凶手的共犯者为i。

"这样一来，从 a 所在的位置，就能够看到正在逃走的凶手了。相反，以 i 的位置而言，如果他的面前有镜子，就能够看到背后事件现场的门口的情况了。当然也就能够看到，门打开时，凶手逃出来的那一幕。这样一来，什么'突然被人从背后撞了一下',还有'吓了我一跳'这种话也是不合逻辑了。"

我听到背后传来了小声议论的声音:"要是我当时注意到就好了啊……"

"最后是手稿中留下的信息。这是在看到你时,风土出于玩乐心理,在自己的手稿上进行了标记。那个人特别喜欢玩暗号游戏,他想到,让人在手稿中找到'樱木'应该会非常有趣,所以就在复写纸上相应的位置打了×字。"

在大银幕上,出现了复写纸的反面。上面出现的文字正是"樱木"(SAKURAGI)【图3B】

【图3B】(将透写纸上下翻转的状态)
×=原位置　✖=上下翻转后的位置

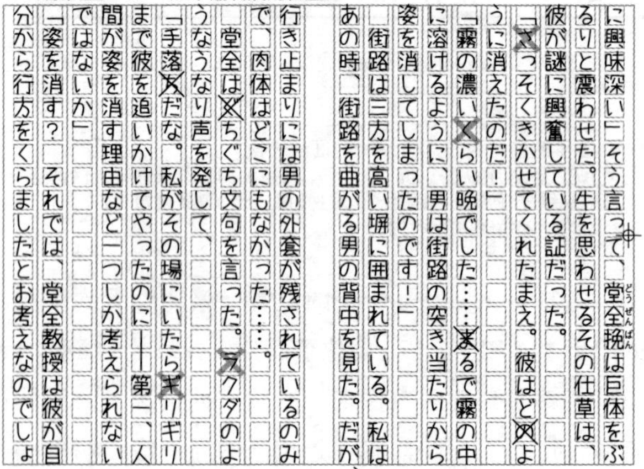

"在案发现场，你注意到这件事后感到十分惊恐，一番苦恼之下，你决定将透写纸上下颠倒过来。没错，就像是镜面一样。仿佛是天启一般，透写纸颠倒后，打×部分呈现出的文字是'NOMAGUCHI'（野间口）。而这正是C的旧姓，你意识到可以通过这一行为嫁祸给她。所以你并没有将透写纸处理掉，而是利用它来进行误导。这还真是聪明反被聪明误啊。"

老实说，这应该是偶然与偶然叠加出现的结果，算不上精彩。"声音低沉得如同骆驼一般"这种，手稿中的文字表现本身，也明显很不自然。虽然作为游戏很有趣，不过这死亡留言可以作两种解释还是太做作了。

我在心中，扬扬得意地对游戏进行着评价。

优（弟）上午 8 点 40 分
游戏开始后 14 小时 40 分

"让我想到镜子的，是走廊墙壁上那块很大的未经过日晒的痕迹。不过同时，从第一问到第三问的答题纸，也是个很重要的提示。"

听到海斗的催促，我拿起答题纸。每一张的左下方，都写着"在误写、污损的情况下，请找到工作人员更换新的答题纸再次提交"这样的注意事项。

"当然，这只是一个看似平平无奇的注意事项，还有一张普通的白纸……但是其中会不会别有深意呢？"

"这个注意事项正是'钥匙'。"

"咦，这是什么意思？"

"只看文字很难想到。就像优所说的，这看起来只是平平无奇的注意事项。不过，你还记得，你把果汁洒到我的答题纸上的事吧？"

"啊……是的，我记得。"

"那时，工作人员将包括调查问卷纸在内的所有纸，全部都更换了。是的，就连没有写注意事项的调查问卷纸，也全都换掉了。"

"……啊！"

我拍手叫道。

"也就是说，不管纸上有没有写注意事项，都会被更换掉。"

"是啊，这么说起来，其实应该也没有特意要写上注意事项的必要吧，但哪怕如此，纸上还是印了注意事项。其中就一定有某种意义。一定是出于某种理由，才要这么做的。'再次提交'——就是这个游戏的关键'钥匙'。也就是说，这个游戏里，是有'同一个问题，可以解答两次，其中是不是有重要的含义呢'的意思在里面的。对于我们这种逃脱游戏的狂热玩家来说，是不会放过任何文字细节提示的。"

我感觉他最后这句话，带有一点自嘲的意思。

"工作人员也提到过，从第一问到第四问，都可以进行多次解答。只有最终问，只能回答一次。也就是说，为了解开第二题，可以先对第一问随便提出解答 A。但是这样的话，只能获得第二问的提示，并不能获得答对第一问的 5 分。而游戏本身的玩法，是可以再次提交答题纸的，只要第二次正确作答就行了。那么这样，就能拿到第一题的 5 分。答题纸上全部都写着姓名，就是为了方便工作人员对多次解答进行管理。"

"啊……听起来就很麻烦。"

"能够反复提交的答题纸，还有隐藏起来的镜子。有了这些，已经能够看出这个游戏的大致方向了。由于镜子的存在，每个问题的答案都会反转。整个游戏的最大诡计就在于此。第一问的照片也在解谜套装中，也算是对我的推理派上了用场。"

说到这里，海斗笑了起来。

"现在我已经解开了这个游戏的秘密。接下来，就是我的'魔法'了。"

这句话，迅速将我的意识拉回现实。被破坏的水管中流出的声音，响彻在我的耳边。

"注意到了镜子的我，向胜传达了这个信息，我已经给了他提示，那个家伙应该能够发现吧。"

"什么意思？"

"你还记得，我写的那张便笺吧？"

敬启　我是海斗。现在我们被监禁在了房间里，就在你附近。以我们自己的力量无法离开，请你赶快找到我们救我们出去。

自现在开始，已经没有多少时间了。再这样下去我们会被杀掉。自己这样虽然很没面子，但是也只能相信你了。

　　当时我们为了求助，将这张纸条，投递到了房间外。而后纸条被哥哥揉了——然而，海斗竟然是出于特别的目的才这么做的，我目瞪口呆。
　　"藏头……"
　　"是个很简单的小机关。我利用换行，让纸条上文字的每一行头一个字连起来读就成了'镜子''自己'。如果给了镜子和凶手的提示，应该马上就能发现真相了。"
　　"可是，你为什么要这么做啊？"
　　"这还用问？"
　　海斗笑了起来，在我看来，那是一种恶魔般的笑容。

结果发表

胜(兄)下午4点50分

解答篇的VTR播放结束后,穿着晚礼服的主持人再次出现。"接下来,我们就开始为成绩优秀的玩家颁奖吧!"他这样宣布道。

我轻轻地吐了口气。游戏终于结束了。我打开手机电源,再过十分钟,就是接受赎金的时间了。父亲那边也该认命,将我们索取的赎金打过来了。

我不由得笑了起来。

哪怕发生了这么多意外,最后的获胜者,依然是我!

"最优秀的金奖获得者共有四名。是回答完全正确的四位玩家。首先,是最快答出最终问的这一位!从第一问到第四问,都只答了一次,而且最快答出了最终问,并且非常细致清楚地指出了细节线索。这样的解题速度与敏锐程度,获得了最终问的 80 分满分!"

会场内响起了喧哗声。

男人深吸了一口气,大声叫道:

"须崎胜先生!"

我的大脑一片空白。

我的名字?

为什么会叫到我的名字?

聚光灯瞬间打在了我的身上。我不由得颤抖起来。不行,我不能引起别人的注意。我不能被人看到自己平安无事的样子。不行,不要向我打光——

"须崎先生完成得非常出色,"此时,一位工作人员正拿着手机说着什么,"他来进行最终问的投票时,我还向他确认过……不过他的答题速度远远领先于其他人。就在游戏开始后,还不到两个小时的时间里,就给出了完全正确的答案。他跳过了从第一问到第四问,无视了那 20 分。真是个大胆的孩子啊!头脑太聪明了。"

什么?

还不到两个小时?

我当然没有投过票。这不可能。

说到两个小时。那时海斗还没有被关起来。不会吧!

难道说？！我被他算计了？但他是怎么做到的？

我被照相机的闪光灯包围了。

这里聚集了一批有钱人，很多人都是爸爸的朋友吧？现在，应该已经有不少人，通过电话和社交媒体向爸爸发送了祝贺信息。

不行，停，快停下。

我的计划明明完美无缺！就算发生了意外，也被我不动声色地掩饰了过去。虽然绑架错了人，但我马上制订了新的计划。奖金？我可不要这种东西。这种东西实在是——

大厅里开始欢呼，人们大叫着我的名字，毫不顾及我情绪地拍打着我的肩膀。

我失去了力气。

优（弟）下午 4 点 53 分

房间外传来了吧嗒吧嗒的脚步声。那是好几个人的声音。外面一阵喧哗，我听到门对侧传来了粗暴地移开路障的声音。我的身体不由得缩了起来。

"你看，'魔法'生效了吧？"

海斗抱住我的身体，冲我眨了眨眼。他的手里，握着从墙里伸出来的电话线和电线打成的结。

我本以为，被他暴力破坏而放出的水会漫到床上。

不过海斗的计算相当完美，水正好上升到床面，还没到我们脚边的时候，他的"魔法"开始生效了。

外面有人打开了门。

房间里的灯光被点亮。我看到了当初绑架我们的三个男人。这三个人身材健壮，如果没有武器，我是不可能和他们对抗的。他们打扮成船员的样子，穿着短裤露着小腿。

水顺势从外开的门流出。"啊！"三个人大叫着抬起脚。

就在这一瞬间，海斗一边说着"谢谢你们开门"，一边将电线打成的结扔了出去。

电线没入水中，马上就擦出了电火花。

三个人的身体弹了起来，而后倒在了水里。

"……这电力也太强了吧。本来还想着差不多就行了呢。"

水已经溢出到了走廊里，室内仍然残留着两厘米左右的水深。海斗穿着胶底的鞋子下了床，然后将我抱起走出房间。中途，我听见他的脚碰到了绑架者们的身体，对方发出了呻吟声，海斗看了他们一眼，发现人没事之后，就飞快跑出了房间。

"你看，和我说的一样吧。"

海斗将我放下后，得意地笑了起来。

"因为胜拿到了第一名——这就是我的'魔法'！

如果胜登上了领奖台，就能证明他根本没事，而这一场绑架大戏的剧本也就出现了破绽。而最最重要的是，胜的同伙，会意识到不对劲。

"同伙们应该吓了一跳吧。毕竟他们还想靠哥哥赚一大笔钱。所以，他们必须亲眼确认，房间中的情况……

"难道是自己犯了什么错误？是不是绑架错了人？也难怪他们担心。在这时，C级船室的密室性就发挥了作用。在这样一个完美的密室中，'魔法'开始生效。要想亲眼确认房间中的情况，他们只能打开门。我就是这样来确保逃脱方式的。"

他摇了摇头。

"不过，我们的抵抗能力相当弱。如果不准备好和他们对抗的武器，是无法成功逃脱出去的。我很快就想到了利用电。因为船员们穿着半裤，腿是露在外面的。如果在水里通上电，应该能把他们弄晕吧。接着，我就开始在房间内放水。因为之前水流出的速度太慢，我索性把水龙头炸掉，没想到弄过头了。"

海斗不好意思地苦笑着说道。那时我还觉得"海斗哥好奇怪"。没想到，他的每一个行动都有意义。我开始重新认识海斗这个人了。

"哼哼。胜果然赢得了游戏，看起来，他并没有抵抗住解开谜题，提交答案的诱惑啊！这家伙也是够单纯的。完全被我设计了。嘿嘿嘿嘿。"

"原来，是这样啊！"

我低下头捂住嘴。

我和海斗终于来到了甲板上的大厅。

哥哥此时，正站在领奖台上。他一脸铁青地笑着挥手。台上还有另外三名完全回答正确者，共有四个玩家。

"哎呀，这还真是的。"

前面两个看上去像大学生的人正在交谈。

"你发现最后那个了吗？如果用船票投票，就会失去资格……"

"完全没有。我想当然地在船票上写了凶手的名字和理由啊。明明其他的问题全都答对了，结果却只得了铜奖。不过算了，包括铜奖在内的获奖者，共有四十五个人，我也算是很努力了。"

"的确，最开始刑警就曾经说过：'我绝对不会让凶手逃离这艘船！不会让嫌疑犯下船！'而后，会田刑警下船的时候，也好好地将船票放进了箱子里。那时已经暗示了，将船票放入投票箱＝下船的这条隐藏路线嘛。"

"确实如此。我完全没看影片啊！哎呀，我是游戏开始才过来的。都怪这里的饭菜太好吃，游泳池太好玩了……"

听了他们的对话，海斗看了我一眼。

"对了……如果不用船票解答最终问，那么，将解答写在调查问卷上才是正确的吧，那上面有很大的空白可以写呢。"

"啊……没错。这么说起来,调查问卷的纸上,也印着玩家的名字。这一点本身就很奇怪。"

"嗯。这应该就是提示吧。可是胜得到了第一名,连这一点他都凭自己的能力解开了。不愧是我的对手啊!我可不能掉以轻心。"

两个大学生仍然在聊着天。

"不过,那个果然还是伏笔线索嘛。你还记得,有人在C13号船室里面喊'救命'吗?那个就是意味着樱木被关在里面吧。"

"啊,应该是吧。"说到这里,这名男性看了一眼身后的工作人员,并且搭话道,"这个环节,设计得真不错啊!"

工作人员露出了疑惑的表情。

"声音……?什么,我们并没有在游戏里准备这种东西……"

"啊?"

"咦?"

两名大学生互相对视着。

"喂喂,不是开玩笑吧,等一下。"

"难道那是……真正的幽灵?"

两个人僵硬地对视了好一会儿,而后像被火点着了一般,发出了"啊"的尖叫声,从大厅里跑了出去。哎呀,真是的。希望他们能呼吸外面的空气，冷静一下。

"声音吗……不，如果作为伏笔线索，这样设计确实很有趣。如果把这个当成我的点子提上去，搞不好会给我升职呢……"被留在原地的工作人员，打着如意算盘说道。

大厅里再次暗了下来，VTR 再次开始播放。

"杀青！大家辛苦了！"

这样的声音缓缓响起。扮演樱木、田岛、会田的演员们互相打着招呼。这是制作花絮吗？玩家议论着。这时，摄像机从 B 级船室走下，来到旁边躺着的尸体旁边。

"杀青了！"扮演田岛的演员说道，"真是辛苦了！"

"嗯……啊！"

听到这个声音的瞬间，我听到有人"咦？"了一声。

扮演尸体的男人站了起来。

"喂，不会吧。"

"不会吧不会吧，这阵容也太豪华了吧。"

大厅里再次被嘈杂声包围。

这也是理所当然的，因为这个男人，正是今年八十岁的小说家绿川史郎——名侦探樱木系列之父。

"大家好，我是绿川史郎。这次我写的剧本，大家玩得开心吗？虽然之前我在小说里杀过很多人，但是自己被杀，这还是第一次体验呢。"

"可是，难得请到绿川先生出演，却让您扮演尸体，这可实在是……"

"咦？是吗？嗯，确实啊。那么，接下来就让我走在最前面吧。"

大厅里被巨大的欢呼声包围了。绿川的狂热书迷、樱木的粉丝，还有那些喜欢惊喜彩蛋的逃脱游戏死忠玩家，大家都投入到了狂热的气氛中。

"那么，大家，"身着晚礼服的男人走到台上说道，"这张答题纸——也就是那张调查问卷纸，我曾经提到过，'请将自己注意到的细节全部都写下来'。实际上，有一位玩家，发现了扮演被害人的人是绿川先生！这位玩家，获得了'绿川特别奖'，我们想要赠予她，绿川先生的亲笔签名，以及纪念品！"

而这次聚光灯对准的，是一名年轻的女性。她正是那位身着绿川作家出道五十周年纪念T恤，包包上别着很多樱木徽章的书迷。她一边流着泪一边感谢着。可能是因为太激动了，所以哭了出来吧。

"哎呀——，真厉害啊，优。这游戏的阵仗可真大，我们都没发现这一点。"

我和还在享受着逃脱游戏节日般热闹气氛的海斗聊着，渐渐感觉有些累了。

哥哥从舞台上走下来，出现在我的面前。

他找到了海斗，用鬼一样的表情盯着他。

然后两个人便在大厅中对视了起来。而此时，其他玩家正在向那位身为绿川书迷的女性送上掌声,完全没有注意到这边的情况。

海斗露出了无畏的笑容。

"哟。这个游戏,是你赢了啊。你得到了最优秀奖,真是恭喜了。"

哥哥笑着回应道。

"……嗯。虽然赢了,可我却高兴不起来呢。你做了这么多事,到底有什么目的呢?你想得到什么?"

哥哥为了隐瞒自己的绑架计划,努力不从口中说出那些字眼。

"是啊。我们把下面那个船室弄得一塌糊涂。如果你能帮忙修好,就算是帮了大忙。对你们家的财力而言应该不是难事吧?而且这件事,也可以当成是你干的嘛。"

海斗伸出手来。

看来海斗也不是个好惹的家伙。他的言下之意,是可以把一切布置成哥哥真的被绑架的样子。是哥哥自己从那个房间里逃脱出来,而后站在了领奖台上。这样一来,就能骗过父亲,父亲还会把他当成打倒了恶汉们的真英雄。

哥哥带着一脸对海斗的憎恨,还有对自己所做之事的悔意,向他伸出了手,两个人的手紧紧握在了一起。

"成交。"

"嗯。从今以后,我们还依然是好朋友。"

大概是为了展示自己的宽宏大量，海斗这样说道。哥哥的额头上冒起了青筋。明明已经得到了最优秀奖，却露出这么难看的表情，真是的。

舞台上出现的绿川史郎，气势满满地讲述着关于这个游戏的感想。大厅中响起了雷鸣般的掌声，这段影像就在这样的盛况中结束了。

最后，只有我们三个人留在了这里。

看来这两个人，从今以后，还会以这种方式继续争夺胜负吧。

……海斗哥的表现十分出色。他比我想象的还要聪明。当然，破坏水龙头管道这件事，还是做过头了。

不过，他的那番发言，却让我不由自主地笑了出来。

——哼哼。胜果然赢得了游戏，看起来，他并没有抵抗住解开谜题，提交答案的诱惑啊！这家伙也是够单纯的。完全被我设计了。

我捂住忍不住想笑的嘴角，拼命隐藏住笑意。

这是不可能的。

哥哥又不是笨蛋，他一定会以不引起他人注意为第一优先项的。他不会提交答案。

最后的最后，你还是太天真了啊。

真是太好了。

没有借力任何人，我抢先一步使用哥哥的名字做出了解答——

7 休息室

优（弟）十八岁

哎呀，益田先生，您怎么眼睛睁得这么大？

不是您自己说起很久以前的事嘛。

那已经是八年前的事了。时间也太久远了。现在您突然和我说起这个，真是让人难以抑制自己的罪恶感啊。不过没关系，我还是很感谢益田先生。不管是今天，还是那个时候，如果没有益田先生的帮助，我不可能破坏哥哥的计划。

啊，对不起对不起。因为回首起八年前的那起事件，我突然就变得有点奇怪了。

总而言之，八年前，是我让哥哥在游戏中获得了优胜，并且破坏了他的绑架计划。同时，我还把制造了这一切的罪魁祸首，推到了海斗哥的身上，根本没有任何人怀疑我。

看来，还是有无法理解的地方是吗？

那我就按顺序来讲吧。

其实我在一开始，就解开了海斗得意扬扬讲述的游戏的最大诡计。答题纸上写着的注意事项，还有走廊里的墙壁上日晒的反差色痕迹，以及那件又大又土的衣服！只要看一眼就全明白了。不过为了这个诡计，而花了这么大功夫，真是看得我眼泪都要流出来了。

说出来你可能不信，我在听到规则说明的时候，就已经解开了谜题。不不，我之前就很擅长玩这种游戏嘛。益田先生也知道这一点吧？

他们甚至还邀请我作为特邀玩家参加游戏呢。

第一次遇到海斗时，哥哥盯着我那顶带着刺绣的帽子仔细看了一会儿，便把我的帽子拿走戴上了。当时我也吃了一惊。应该是因为，他发现海斗是特邀玩家，激起了他的竞争意识吧。不过拜此所赐，我特邀玩家的帽子也被取了下来。我家的哥哥，还真是爱慕虚荣。

当我听到哥哥说"这个给我用用"的时候，马上就意识到了他在想些什么。不过也多亏了这样，海斗对我完全没有任何防备心理。尽管我非常擅长玩逃脱游戏，不过我当时，还是尽量不让海斗和哥哥发现，我是比他们更加聪明的。

也是巧了。当时，我也有自己的计划。

那就是，我要阻止哥哥的绑架计划。

哥哥利用这次的游戏，策划了绑架案。我从一开始就知道这件事。当时益田先生也参与了这个计划吧。

可是，我想阻止这个计划。如果哥哥离开，家里就只有我一个人了。那实在是令我难以忍受。

其实，爸爸早就发现，在兄弟两人中，我是比较聪明的那个。爸爸一直在计划着，让我成为公司的继承人。哥哥正是因为无法忍耐得不到爸爸的重视，才想要逃离这个家的。

但是，就算他能成功，我还是要在家里等到能够独立的年龄才行。如果真的被哥哥抢先一步跑了，我就必须继承家业，一生都无法逃离这个家了。这一点我是绝对无法忍耐的。

可不能只因为比我更早出生，就擅自做出这样的决定啊。

所以，我要彻底阻止他的计划。

我的计划是这样的，让哥哥的同伙，"错误"地绑架海斗和我，然后将哥哥孤立在游戏会场中。再让哥哥获得游戏的第一名，这样他就必须出现在镁光灯下了！

完美！而且充满戏剧性！这个计划充满了我的行事风格。

为了达到这一点。

1.要破坏哥哥的绑架计划，让他的同伙绑架错误的人。

2.要让海斗看破所有的黑幕，而且不能让哥哥对我起疑心。

3.同时，也不能引起海斗的怀疑。

4.让哥哥获得第一名，站到领奖台上。

要让绑架者"弄混"哥哥和海斗其实很简单，在哥哥和海斗接触之后，我就一直紧跟着海斗。被船员们袭击的时候也是一样，我努力做出让船员们误会的举动。而那件土里土气的衣服也帮了大忙。因为那顶帽子可以很好地遮住脸。

我一开始就知道，自己会被监禁起来。所以提前往口袋里放了巧克力、坚果和曲奇等零食。那时我还担心这样会不会引起怀疑呢。还好海斗比较迟钝。

而后，因为海斗哥实在是个很容易得意忘形的人，所以第2点"让他以为自己看破一切"就非常顺理成章了。当他自以为是地用便笺纸将藏头诗送出去时，还忍不住小小雀跃了一番。

当着哥哥和海斗的面，我特意将果汁洒了出来，以便让他们注意到答题纸上"再次提交"的字样，这也是我的机敏之处吧。因为我给了海斗解开问题的提示，所以哥哥应该会认为，"海斗那时就看破了一切"。我在这里埋下了有效的提示。

最麻烦的其实是第3点，也就是不引起海斗的怀疑。当海斗自信满满地解说时，我必须得装出第一次知道那些事的样子，那可真是太累了。而且海斗在讲解的时候，还特意使用了"让十岁的孩子也能听懂"的掰开了嚼碎了的方式，让我忍得相当辛苦呢。我还得一直不停地回答"怎么会这样，原来如此，我明白了！"

当然，从"密室"中逃离出去的"魔法"，确实出乎我的意料，也让我相当吃惊。虽然他的做法太乱来了。其实本来，我也没有把握能够对抗那些体格健壮的人。还好海斗的表现出色，让我为之咋舌。

最后的最后，就是让"哥哥取得第一名"这件事了。本来一旦被绑架，这件事就很难办到了。不过，当我看到开场影像的瞬间，就马上看出了这个游戏的最大诡计。那么，只要在被绑架之前，用哥哥的名字，对最终问题进行解答并提交就行了。因为在规则说明时提到，最终问题的答案提交，是以第一次为准的。所以哪怕之后哥哥再提交其他答案也没有用了。

最终问题占80分。如果我能以压倒性的速度尽早提交答案，一定会引起主办方的重视。毕竟是在没有前四问提示的情况下，解出最终问的。我很快就放弃了前面的问题。最后，当哥哥出色地通过最终问获得金奖时，我直呼快哉。

我已经预料到了，哥哥没有机会去确认自己最终问的答题纸。因此我把这件事也推到了海斗哥身上。因为他后面使用的答题纸，是以海斗的名义，去工作人员处再次领取的，而他自己的那份答题纸，则藏在自己的房间里，以为没有人会发现。

这样一来，他自然也没有注意到——

他的答题纸，已经不见了。

这就是我的全部计划。

当我被关进密室时，所有的工作都已经完成了。

那么，过去的事情就说到这里吧。我也差不多该走了。

益田先生，这次的事真是多谢你了。从帮我办理留学手续，到帮我准备国外的住处，我从小就一直受到您的关照。在我离开家前的最后日子，能够跟您说这些以前的事，实在是很开心。

啊，我在那艘船上，进行了一场精彩的表演。我感觉，我的人生，就是从那时开始的。那是我自己的人生！是属于我的，自由的人生！

爸爸应该会很失落吧。好不容易将继承人养育长大。不过，别看哥哥那样，实际上却是个认真的人。他应该能当好社长。对哥哥来说，这也是最好的道路。爸爸最后也会接受这一切的。

你看，我和哥哥是不同的，我会在离开时将家里的事情都安排好。

我可真是一个相当懂事的孩子，你不这么觉得吗？

后记

后记

初次见面的读者,又或者是老朋友,你们好,我是阿津川辰海。

我终于完成自己的第一部短篇小说集。

说是短篇集,其中每一篇,用四百字稿纸换算的话也有约一百页,甚至还要更多。倒不如说,这更接近于一本中篇集。这本书,集结了我在JARO杂志上刊登过的作品。

在与编辑商讨之后,我们确定了以下这些大的方向。
- 以非系列作品集的形式为目标,尽量展现各种不同形式的作品。
- 不论表现形式如何,其本质仍然是本格推理。
- 因为故事都是一篇完结,所以希望能最大限度地展现舞台和角色的魅力。

确定了以上三点为主要方向后，我以自己的节奏进行了创作。因为是非系列作品，所以对每一篇进行单独的思考也非常有趣，在其中，我进行了多种不同的"实验"，也最终收获了果实。

那么，就针对书中的每一篇作品，从其受到启发的作品，到自己的喜好，以及创作花絮，都稍微聊一下吧。

《透明人潜入密室》（JARO No.62 2017 年 12 月）
本篇致敬的是切斯特顿的《隐身人》。这部作品中，凶手使用了在没有任何人看到的情况下，潜入密室而又消失的诡计，最后利用反论解开谜题。这部作品中的"隐身"，指的并非物理上的看不见，而是心理上的看不见，可谓一种误导。

然而，如果是真正的透明人又会如何呢？

在透明人存在的世界里，本应确实存在于密室中的透明人却不见了……如果尝试一下，这样的密室诡计，也是对我所喜爱的切斯特顿的一种致敬吧。

可是，透明人的生活，应该会受到各种各样的制约。在我阅读《透明人的自白》，以及克里斯托弗·普瑞丝特的某部长篇小说时，产生了这样的感觉。透明人走在人潮拥挤的路上会怎样？透明人的消化系统是怎样的？经过反复尝试，我想到如果从凶手的视角来写，应该会是非常棒的倒叙推理作品。对于喜欢《神探可伦坡》和《古

后记

畑任三郎》的我来说，可以说是想想就有点兴奋的工作。

这部短篇，同时还入选了《最佳本格推理 2018》（文库版改版时，改名为《最佳本格推理 TOP5 短篇杰作选 004》），也是我花了相当大心思的一部作品。

当我困惑于该如何搭建作品的最终结构时，给我启发的是石泽英太郎的《羊齿行》这部短篇作品。这也是用倒叙结构写成，在罪行明确的瞬间，就变得鲜活起来的推理小说，在小道具的使用上也别具匠心。这是我想要推荐的作品。

《六个狂热的日本人》（JARO No.64 2018 年 6 月）

我喜欢密室故事。同时也喜欢偶像。

至今为止，已经有一部电影，同时包含了这两点。那是一部名为《如月疑云》的作品，在某个偶像去世一周年忌日时，五个偶像宅重新聚集起来，不停地进行告发和揭露内幕，成为一部让人迷之感动的杰作（怪作）。在我的这篇小说中，回收伏线的方式，以及剧情的推进方面，参考了电影《十二怒汉》和《十二个温柔的日本人》，这也是我相当喜欢的作品。

我一直都想要亲自挑战一下这种类型的杰出电影。那么，如果在当代日本，重现这样的陪审员制度又如何呢？完全随机抽取的陪审员，如果正好都是不同程度的"偶像宅"会怎么样呢……同时，也将本格推理的内容融入其中，最后写出了这样一本"闹剧式作品"。在创作的过程中，我重读了一次筒井康隆的《十二个快乐的人》并进行了致敬。这部作品实在是令人愉快，我一边读便一边兴奋地产生了"我也想这样尝试一下"的心情。

说起偶像，让我成为偶像宅的机缘，是来自《偶像大师》这个系列的作品，不过最近也搁置了不少时间。

在这里，我也想介绍一下，关于这部作品主题的构思来源。

在创作这部作品之前，我喜欢的偶像组合解散了。我的心里像是被开了个洞般空虚。为了填补这种内心的空白，我构思了这部作品。不过大概也会有人疑惑，"为什么，最后写出来会变成这种胡闹式的短篇小说啊"。

哪怕喜欢的偶像组合解散，也不应该以悲伤的心情面对这一切。她们已经告诉了我，"最棒的瞬间"是不可能永远存续的。然而，在这个世界上，的确存在着"最棒的瞬间"，正是因为她们，才有了这样的存在。

《被窃听的杀人》（JARO No.67 2019 年 3 月）
我喜欢侦探。同时，也喜欢猜凶手游戏。

没错，猜凶手。这也是本书中唯——篇，我带着猜凶手的创作意识而写出的作品。如果有喜欢从后记开始读书的读者，可以试着来看看能否猜中凶手。

这部作品中特定凶手的逻辑推理，是我在创作《星

后记

咏师的记忆》时想到的。因为这个想法在《星咏师的记忆》中没法恰当地派上用场（《星咏师的记忆》中为了让角色使用读唇术，而创造了没有声音的世界），所以在中短篇的作品中进行了再利用。

关于侦探的设定，是我在喝酒的时候想到的。因为我经常使用特殊的设定创作，却从来没有写过，侦探拥有超能力的故事［本篇发表后的《红莲馆杀人事件》（讲谈社）里那位能够看破谎言的侦探……不知道是否算是其中一种呢？］。电视剧里，经常会有侦探拥有特殊能力的设定。比如像是味觉超群的《拥有神之舌的男子》，以及嗅觉非常厉害的《嗅觉搜查官》等……想到这里，我发现，还没有"耳朵特别灵敏"的侦探这种设定，于是就想试一下了。

在写到这部作品最后的推理部分时，给我灵感的，是天藤真的短篇《拾取星星的男人们》。天藤真的作品，就是那种不管什么时候读都会让你很快乐的作品，我非常喜欢。

还有，在这本书里，对于当初在JARO杂志上刊登的版本进行了大幅度的修改。在杂志上刊登的版本中，侦探·能力者的苦恼，写在了更前面的地方，但是我在改稿时，希望能够将这对侦探搭档，写得更有魅力，于是在编辑的建议下，进行了这样的修改。感兴趣的读者们，可以对比着进行阅读，一定也很有趣。

顺带一提,电视剧《继续》中,有一集也叫作"被窃听的杀人"。但是我在写这部作品时,却完全没有意识到。直到我前一段时间再看这部电视剧时发现,才吃了一惊。那部作品里的诡计和窃听器的使用,也非常有意思,请大家也一定都去看看。

《逃离第13号船室》(JARO No.70 2019年12月)

我喜欢玩密室逃脱游戏。同时,也喜欢发生在船上的推理故事。

这部作品的开头,提到了福翠尔的《逃出十三号牢房》,其实似乎很少能见到同类的作品吧……

在看守所中为了"比拼智慧"而想办法逃脱,这样的设定在现代可能很难重现了。那么,现在能够在真实情境中"比拼智慧"的场所又在哪里呢?……我在思考这一点的时候,产生了将"逃脱游戏"和福翠尔进行组合的点子。在玩逃脱游戏时,发生了必须进行"真实逃脱"的状况的话……我一边回忆着,自己上高中和大学时,和同学们一起去玩"SCRAP"的逃脱游戏时的经历,一边开始写了起来。另外,逃脱游戏本身的剧本,也得有趣才行,因此,我先构思了逃脱游戏的剧本,并在此之上,构想了"绑架案"。

福翠尔本人的命运,也与船息息相关。他是在"泰坦尼克号"上,迎来了自己生命的最终时刻。在这部作

后记

品中，我也提到了，像是马克思·艾伦·科林斯，以及若竹七海，都曾经写过以"泰坦尼克号"的史实故事催生出的长篇小说。所以我自己也想要尝试着挑战这个题材致敬前辈。

在我看来，以船上推理为主题的佳作有很多。因为船内的有限空间中，可以进行密度很高的故事展开……不过我更喜欢的是船上那种让人紧张不已的气氛。卡尔的《盲理发师》和泡坂妻夫的《喜剧悲奇剧》，以及彼得·洛弗西的《冒牌警探狄友》……哪怕是最近几年，也有赛巴斯蒂安·菲茨克的《23号乘客的消失》，以及凯瑟林·莱安·哈伍德的《遇难信号》等以船为主题的作品，都是我非常喜欢的。

然而，无论如何，以船为主题的作品都避不开阿加莎·克里斯蒂的《尼罗河上的惨案》。那种客船旅行的紧张和激动感，除故事主线的谜题以外，支线中可以称为炸裂的解谜与伏线回收，还有主线解谜的巧妙……故事的每一层展开都无比巧妙，是一本让人想要叫出"船上推理就是要这么写啊！"的杰作。

总而言之，这一篇本身题材就很有创作意义，创作的过程也让我乐在其中。

这就是以上四篇作品的创作心得。

另外还有一点我个人的想法，那就是这四篇小说，分别被赋予了四季的形态。从顺序上来说，是夏、春、冬、秋的顺序。虽然写的时候是偶然为之，但从结果上来说，却可算是四季发生的丰富多彩的故事集吧。

如果以后再继续创作非系列作品，应该会再结集出版第二部短篇集吧。而在此期间，如果能够借此催生出相应的系列作品也是不错，而在这样的灵感来临之前，我也想就这样一篇一篇愉快地创作"实验作"。

最后的最后，还要感谢从我出道以来，就一直帮助我打磨作品的光文社的S氏与H氏，还有我的作品在JARO杂志上刊登时，发送感想给我的讲谈社的I氏，以及一直支持我，给我感想的朋友们。请让我借此机会感谢你们。另外，还要对一直以来支持我的各位读者，送上我最真诚的感谢。

那么，下次再见吧。

令和二年1月吉日
阿津川辰海

*本作品纯属虚构，与现实中的人物、团体、事件无关。

图书在版编目（CIP）数据

透明人潜入密室 /（日）阿津川辰海著；赵婧怡译
. -- 北京：北京联合出版公司，2022.6（2022.8 重印）
ISBN 978-7-5596-4583-8

Ⅰ. ①透… Ⅱ. ①阿… ②赵… Ⅲ. ①推理小说—小说集—日本—现代 Ⅳ. ① I313.45

中国版本图书馆 CIP 数据核字（2022）第 059720 号
北京市版权局著作权合同登记号：图字 01-2021-6862 号

《TOMEI NINGEN WA MISSHITSU NI HISOMU》
©Tatsumi Atsukawa 2020
All rights reserved.
Original Japanese edition published by Kobunsha Co., Ltd.
Publishing rights for Simplified Chinese character arranged with Kobunsha Co., Ltd. through KODANSHA LTD., Tokyo and KODANSHA BEIJING CULTURE LTD. Beijing, China.

透明人潜入密室

作　　者：（日）阿津川辰海
译　　者：赵婧怡
出 品 人：赵红仕
责任编辑：李艳芬
封面设计：沉清 Evechan
内文排版：星光满天

北京联合出版公司出版
（北京市西城区德外大街 83 号楼 9 层　100088）
北京美图印务有限公司印刷　新华书店经销
字数 181 千字　787 毫米 ×1092 毫米　1/32　10.25 印张
2022 年 6 月第 1 版　2022 年 8 月第 2 次印刷
ISBN 978-7-5596-4583-8
定价：49.80 元

版权所有，侵权必究
未经许可，不得以任何方式复制或抄袭本书部分或全部内容
本书若有质量问题，请与本公司图书销售中心联系调换。电话：010-86226746